坊ちゃんが異世界へ嫁に行く⁉
～婿殿は銀狼王子アルファ～

Yuki Hyuga
日向唯稀

CHARADE BUNKO

Illustration

鈴倉温

CONTENTS

1　異世界への扉

──獣人界中央大陸の東・狼国《ろうこく》ファトゥ。

頭上には神々しく光を放つ満月が輝いていた。

耳と尻尾を持つ狼族の五人の男たちが、月明かりを頼りに生い茂る木々の間を疾風のごとく駆け抜けていく。道なき道を俊敏かつ躍動的に進む姿は、狼そのものだ。

五人はそれぞれ異なる色の毛を靡《なび》かせ、軍服に身を包んでいる。

そんな彼らが目指すのは、王城のはるか東。王族が狩猟場にしている森の、奥まった山の麓だ。

「かすかに苔《こけ》むしたレンガの匂いがする。パイ！　見えてきた。旧狩猟小屋だ」

「はい。ユン・ラン様」

嗅覚を利かせながら先陣を切って走るのは、「ユン・ラン」と呼ばれた狼国の王弟にして国防軍をまとめる大将。一つに結ばれた銀の長髪に、端整な面立ち。瑠璃色の瞳にスッと伸びた鼻筋。長身に、広い肩から高い位置にあるくびれた細い腰までが描く逆三角形の肢体は、見る者の目を奪う。

まさに今宵の満月のように神秘的で輝かしい存在だ。

常に彼と行動を共にしている側近・四天狼《してんろう》の隊長で冷静沈着な白毛のパイ少佐、大神官の孫で筋骨隆々な黒毛のホン大尉、ユン・ランの従兄弟で同い年の親友・茶毛のスウ中尉、そして貴族議員長の息子でやんちゃな青年兵・赤茶毛のフォンにとっては、自慢でしかない我が主だ。

「ユン！　小屋の右に井戸らしきものが……。俺が先に確認する！」

「わかった。皆、スウに続け！」

「「はい！」」

スウが、古びたレンガ作りの旧狩猟小屋と古井戸に危険がないことを確認する。

「ユン・ラン様。本当にこの井戸が異世界への出入り口なのでしょうか？」

五人は古井戸を囲み、パイが訝《いぶか》しげに問う。

「〝孔〟と呼ばれる出入り口が存在するのは確かだ。我が一族の王と最初に番となった運命の子は、孔より現れた異世界人の子孫と、国の史録に記述がある。獣でもなければ、耳や尾を持つ獣人でもない。〝人間〟と呼ばれる異世界人の血を引く者だという。それに、狩猟小屋番の一家に代々受け継がれてきたという密書にはここだとあるのだから、信じるしかあるまい」

ユン・ランは、微苦笑を浮かべながら答えた。

視線を井戸へ向け、ツタが鬱蒼《うっそう》と絡まり埃《ほこり》を被った木蓋に手を伸ばす。

「ユン、俺が」

「僕が！」

すぐさまスウとフォンが動く。

「ああ。頼む」

一歩引いたユン・ランの前で、二人は厚みのある木蓋からツタを取り去った。

すると、蓋は観音開きの扉のような作りをしており、中央にある鉄製の金具には木材でかんぬきがされている。

「これは、蓋ではなく扉？」

「外してみよう」

驚きが隠せないままスウとフォンでかんぬきを外す。鍵のようなものはなかったため、木材は思いのほかすんなりと引き抜かれて、金具は蓋の取っ手となった。

片扉だけでも相当の重みがあったが、二人がかりで左右に開くことができた。

すぐさま中を覗《のぞ》いたユン・ランの目には、頭上の満月が映り込んだ水面が見える。

「地下水をくみ上げるために掘られたものですね。変わったところはないようですが」

「本当に、この水底の向こうに異世界があるのかよ？」

パイとホンがユン・ランの両脇に立って、一緒に井戸を覗き込む。一見、何の変哲もないが、この井戸には水をくみ上げるための桶《おけ》やポンプがない。歳月と共に壊れたか撤去されただけかもしれないが、この蓋は意味深だ。

ユン・ランが足下に転がるコインほどの大きさの石を拾い、井戸の中へ投げ込んだ。

「――‼」

すると、音もなければ、水がしぶきを上げることもなく、石は水面に映る満月の中へ吸い込まれていった。水面に波紋が広がることもない。

月の光に吸い込まれていくような、摩訶不思議《まかふしぎ》な光景だ。

「確かに〝ただの井戸〟ではないようだな」

これがユン・ランに確信をもたらす。

「――ここが出入り口だとして、この井戸の底から通じる世界に、本当に狼王様の番となる運命のお子はいるのでしょうか？」

「こればかりは大神官殿の言う、神の告げを信じるしかない」

不安そうに呟《つぶや》くフォンに、ユン・ランが鼻で笑う。

しかし、水面に映る満月を捉える瑠璃色の瞳は、真剣そのものだ。

「狼王――我が兄シン・ランのもとに、番の者が未だに現れないのは事実だ。王族の子・アルファが誕生すると、必ず適切な時期に運命の子も誕生する。〝人間〟の血を引いているのか、獣人夫婦の子であっても、運命の子は必ず耳も尻尾もない姿で生まれる。ただし必ずしも王族の子の誕生と同時期とは限らない。過去の狼王たちにも、その誕生の五年前や十年後に運命の子が現れたという記録がある。しかし、王族のアルファが成人して尚、五年も番が現れないのは、このたびが初めてだ。このままではシン・ランの血が、我が国王の血が残せなくなる」

　そうしてユン・ランは、井戸の縁に両手をついた。

　肩と腕に力を入れて、片足をかける。

「お待ちください、ユン・ラン様」

「やはり、危険です。異世界へは自分たちが参ります。どうかここで待機を！」

「気持ちは嬉《うれ》しいが、アルファの血を継ぐ兄の番は、オメガと決まっている。先祖代々ベータの血を継ぐそなたたちでは、仮に出会ったところで嗅ぎ分けられない」

　両脇からパイとホンが止めるが、ユン・ランはスッと井戸の縁へ立った。

「しかし！」

「運命の子であった祖母や母は、見た目以外に特別なところはなかった。大神官殿や側近たちもオメガの血をまるで嗅ぎ分けられなかったと申していただろう。結局、それができるのは、アルファの血を継ぐ者だけ。運命の子と番となった先代たちの子孫――王家に生まれるアルファだけなのだと」

　見るだけでは、井戸の深さは察しがつかない。

　水面までなら城の二階の窓から飛び降りる程度の深さだが、その先は飛び込んでみなければわからない。

「必ずシン・ランの番を見つけ出して、ここへ戻る。私の留守を、我が兄を頼んだぞ！」

ユン・ランが、一つに結ばれた長い銀髪をふわりと浮かせて、井戸へ飛び込む。

すると、その身体は水面に映る月に吸い込まれるように、呑《の》まれていった。先ほど投げ込まれた小石同様、水音はなく、しぶきの一つも上がらない。

「ユン・ラン様！　僕もお供します！」

やはりここが異世界への門であり、出入り口なのだ。そう確信したと同時に、フォンは勢いよく井戸の縁へ飛び乗り、迷うことなくその身を中へ落とした。

「自分も！」

「スウ！　お前はここで待っていろ！」

続けてホン、パイが飛び込み、一歩出遅れたスウだけが、この場で待機を命じられてしまった。

「え⁉　そんな！」

井戸を覗き込むが、頭上の満月が映っているだけで、飛び込んだユン・ランたちの気配はまったく感じられない。

残されたスウも、衝動的にあとを追いかけようとしたが、パイの命令は絶対だ。

しかも、ユン・ランたちの留守に狼王と国を見守り情報を集め、彼らが運命の子を連れ

て戻ってきたときに、フォローや状況報告をする者の存在は必要だ。彼らが異世界へ行っている間に、この地に運命の子が現れないとも限らない。

「だからって、どうして俺なんだよ。残るなら未成年のフォンじゃないのかよ⁉　よりにもよって、いの一番に追っかけて行きやがって！　あのミーハーが」

それでもスウは、事情や成り行きは理解ができても、この場に一人で残された事実をすぐには受け入れられなかった。井戸の縁についた両手を滑らせて地面へ、そして膝を落とすと、見る間にその姿を狼へ変えていった。

頭上に輝き続ける満月を見上げて、やり場のない感情を吐き出す。

「オオーン」

その声は腹立ちに満ちていて、それでいてどこか切ないものだった。

2　夢の中のポチと飯マズ坊っちゃん

一方、人間界・東アジア日本国・東京では――。

街へ出ればクリスマスソングが流れる師走の夜明け。今月で二十歳になったばかりの青年・霧生幸功《きりゅうゆきのり》は、長いまつげに縁取られた瞳を閉じて、まだ夢の中にいた。

〝あんあん！〟

〝おいで！　ポチ。こっちだよ！〟

それは幼稚園に通い始めた頃から見てきた夢だった。

〝あん！〟

〝抱っこ〜っ。可愛い！〟

顔は柴系《しばけい》のミックスか雑種のようだ。毛色は白っぽく薄いようだが、夢がカラーではなくライトグレー一色なのでよくわからない。とても愛嬌《あいきよう》がよくて可愛い子犬だ。

〝大きくなったね、ポチ。いい子だね〟

夢に現れる子犬に、幸功は「ポチ」と名付けていた。

両手を広げると、一心不乱に走ってきて腕の中へ飛び込んでくる。

夢の中のそのシーンと同時に、掛け布団と枕元へ置いていたぬいぐるみを抱きしめて、幸功は口元を緩めた。

本当ならば、抱き心地はまるで違うだろうに、夢の中ではポチを抱いた気分になる。

〝ポチがお話しできたらいいのにな〟

園児から小学生になっても。

〝ポチが人間だったらいいのにな〟

小学生から中学生、高校生、大学生になった今でもポチの夢を見る。

〝ポチ……。ポチ。大好きだよ！〟

幸功は、幾度となくポチの頬や額にキスをした。

〝──ポチ。大好き。一緒にいられるのは、夢の中だけだけど〟

〝そんなことはない。私は常にそなたの側にいる。いつか必ず会いに行く〟

しかしポチは、幸功が思春期の頃からケモ耳姿の男性へ姿を変えるようになった。夢の中で急に姿を変えるのだ。ただし、ポチの顔ははっきりしているのに、ケモ耳男性の姿はぼんやりしている。

おそらくこの頃に、里見八犬伝《さとみはっけんでん》や異世界系のライトノベルを読むようになったので、まんま影響を受けたのだろう。その自覚はちゃんとある。

〝本当？〟

〝ああ。本当だ〟

これは夢に創作と妄想が混じった、つまり結局は夢だ。

それでも幸功は、これまでに数えきれないほどこのポチに助けられてきた。ふとしたときに覚える孤独を癒やされ、目覚めをよくされ、明日への希望さえも与えられて。ときには冒険心をかき立てられることもあった。

〝嬉しい！　ポチ。待ってるからね。俺、ずっと……ずっと、待ってるからね！〟

こんな自分は、まだまだ思考がお子様なのだろうと思う。

しかし、今しばらくは、夢が現実になる日を待っていたかった。夢を、単なる夢として片付けたくはなかった。

この夢の存在だけで自分は笑顔になれる。日々を明るく、楽しく過ごせていたから――。


「――っ⁉」

幸功は、別れ際にポチの額にチュッとキスをし、その瞬間にハッと目が覚めた。

「……」

瞼《まぶた》を開いた幸功の瞳に映るのは、そこそこ年季の入ったシベリアン・ハスキーのぬいぐるみ。これは幸功が三歳の頃に、おもちゃ屋で「あ！　ゆきのわんわんだ！」と両親にねだり買ってもらった、体長が三十センチ程度のものだ。

ライトグレーの夢の中のポチと同じような、白っぽい色味のこれをほしがったのだろう。

——というのは、幸功が中学生になってから立てた推測だが。

いずれにしても、三歳頃にこのハスキーを買ってもらったということは、その当時からポチの夢を見ていたとわかる。かれこれ十七年にもなるのだ。

（今年も恋人はサンタクロースどころか、夢の中の犬ってことなのかな？　いっそ、保護犬でも飼う？　でも、ポチと瓜二《うりふた》つじゃないと、愛せる自信がないっていうか。まったく別の見た目の子を愛しちゃったら、浮気っぽい気がして微妙なんだよな〜）

幸功は身体を起こすと、ハスキーを枕元に戻した。

さすがにこの年になってぬいぐるみはどうなんだ？　と思うが、今となっては両親の形見の品だ。

〝ＰＰＰ。ＰＰＰＰ〟

そのとき、反対側の枕元に置いていたスマートフォンのアラームが鳴った。

画面には五時半と表示がされており、これを見た幸功は、勢いをつけて冬の寝床から抜け出す。そうしてベッドをざっと整えてからクローゼットへ向かい、パジャマからジーンズとパーカーに着替える。

扉に貼られた姿見を覗き、手ぐしで髪を整えると、ニコッと笑った。二十歳にしては童顔が気になるところだが、顔色はよく、アーモンドのようなつぶらな瞳は生気に満ちており、口角もクイッと上がって、笑顔は元気はつらつだった。

これなら過保護な〝家族〟も一目見て「今日も元気そうだ」と安心するだろう。

そんなことを意識して起き抜けの自身を確認する。これは、幸功の家族に対する愛情表現だ。

幸功の住まいは、都心にある五百坪の敷地に、庭付き一戸建てを保有する老舗の極道一家・関東連合四神会系霧龍組《ししんかいけいきりゅうぐみ》の本宅――ヤクザの家という、かなりレアで特殊な環境だった。

特に先代組長の次男・幸功に対する周囲の溺愛ぶりは、半端ではない。

くしゃみ一つ、ため息一つで大騒ぎする組員もいるので、いつの間にか心身の健康管理には余念がなくなった。

おかげで、一日寝たら治る程度の風邪しか引いたことがなく、怪我にしても転んで膝を擦りむくか、包丁で指先をちょこっと切ったことがあるくらいだ。

(あ、そうだ)

幸功は、パソコンや勉強道具の置かれたデスクの上に視線をやると、ちょうど掌に収まる大きさの薬瓶三つを手にして、パーカーのポケットにしまう。

「よし!」

気合いを入れて部屋をあとにし、鹿威《ししおど》しがある日本庭園を横目に、縁側を足早に移動する。一度に十人は利用できる脱衣所兼洗面所で歯磨きなどの身支度を済ませてから、キッチンへ向かった。


「おはよう～！」

幸功が元気な声を上げて入っていくと、十二畳ほどの広さのレストラン厨房《ちゅうぼう》のようなオールステンレスのキッチンには、二十歳前後のチャラい見た目の金髪青年と茶髪青年、そして三十代前半の生真面目そうな黒髪の男性がいた。

「おはようございます。坊ちゃん。こんなに早くから、どうされたんですか？」

「せっかくの冬休みなんですから、朝寝坊をしないと。ねえ、矢吹《やぶき》さん」

「そうですよ、坊ちゃん」

当家の家事全般を仕切っているのは、黒髪短髪の男・矢吹。

身寄りがなく、十代の頃はやんちゃをし尽くし、頭髪は赤茶色で腕や足にはタトゥも入れていた。家事万能で、今では自分と同じように拾われてきた若い衆を育成している、幸功を過保護にかまうランキングのナンバースリーだ。

しかし、スリーということは、上には上がいる証だ。

「せっかく大学がお休みなんだから、こんなときくらい家のことをしないと。あ、お米研ぎはこれからだよね。俺がするね！」

そんな三人を前に、幸功はクスクス笑うと、壁に掛かっていた麻生地のシンプルなエプロンを身に着けた。

「そんな！　駄目ですよ。お手伝いは嬉しいですけど、何も水仕事をしなくても」

「そうですよ！　水だって、凍るような冷たさですし」

「平気平気〜。それより今朝は俺がメニューを決めてもいい？」

慌てて止める若い衆も何のその。

幸功は五升炊きの業務用炊飯器の蓋を開けると、内釜をよいしょと取り出す。

「何か食べたいものでもおありで？」

ゆるふわっとした見た目にそぐわず、幸功は頑固だった。

特に、家のお手伝いに関しては言い出したら聞かないので、矢吹は若い衆を宥《なだ》めつつも、炊飯くらいなら――と、幸功に任せることにした。

むしろこうしたときに大事なのは、幸功を止めようと押し問答するよりは、米の水加減をしっかり確認することだ。

それを、まだここへ来て日の浅い二人に教えるように示してみせたのだ。

「うん。一昨日、大学帰りに極楽院組《ごくらくいんぐみ》のお姐《ねえ》さんとばったり会って、お茶したんだ。薬膳料理のレシピを教えてもらったから、試してみようと思って」

しかし。内釜に二升——二十合分の米を入れてシンクへ移動、蛇口をひねって研ぎ始めた幸功が嬉しそうに、そして歌うように話すと、矢吹たちは一瞬で固まった。

なぜなら話に出てきた他組の姐さんは、漢衆《おとこ》の中では有名な飯マズだった。

そして、その姐さんと話も味覚も合う幸功もまた飯マズだった。

それも、ある意味王道の飯マズで、焼きすぎ、生焼け、調味料の誤投入、謎のアレンジ、と悪い意味で手腕を発揮してくれる。

幸功が自信満々なのは、愛故にダメ出しをしてこなかった矢吹たちにも責任はあるが、それだけではない。

幸功と現在の組長である年の離れた兄・功盛《こうせい》の母親、つまり前組長の姐《あね》が味覚音痴系の飯マズだったがために、むしろ幸功は、自分の手料理はお母さんの味！　みんなにとっては懐かしい姐さんの味！　だから、嬉しくてハッピーな味のはず‼　そう信じて疑っていないので、この負の連鎖は誰にも止められずに今に至っていたのだ。

ただ、そこへやばい噂《うわさ》しか聞かない他組の姐さんのレシピまでぶっ込まれてきた。

黙って耐えるしかない矢吹たちからしたら、震えるどころではない。

「——え？　薬膳料理ですか？」

「そう。もらったこの粉を混ぜるだけなんだけどね。この時期って飲み会も多いでしょう。昨夜も兄ちゃんたちは飲んできてたし。このモスグリーンの粉は、二日酔いにいいよって言ってたから、今朝は絶対にこれだな！　って思ったんだ」

大量の米をしゃこしゃこ、ぎゅっぎゅっと研ぎ終えると、幸功はパーカーのポケットから、瓶を取り出した。

モスグリーンと言えば聞こえはいいが、要は苔色をした粉末が入っている。

「え⁉ 待ってください、坊ちゃん。その粉はいったい？」

「漢方薬だよ。こっちの粉薬は〝センブリ〟っていって、胃腸をすっごく元気にしてくれて、二日酔いにもよく効くんだって。でもって、こっちのは……何色だろう？　とにかく、滋養強壮にいい万能粉末！　何にでも混ぜられるし、栄養ドリンクより効くんだって！」

しかも、さらにポケットから取り出された瓶には、苔色粉末に黒と茶の粉末が交じっており、矢吹たちをいっそう困惑させ、なんなら恐怖の底に落とした。

さすがにご機嫌な幸功にこのまま同調はできない。

「いや、待って坊ちゃん！　漢方は煎じて飲むんじゃないんですか？」

「矢吹ってば詳しい～！　でも、俺がもらってきたのはもう微粉末になっているものだから、ご飯やおかゆを炊くときに、このまま入れちゃえるんだ。もちろん、味噌汁《みそしる》とか料理の出汁《だし》としても使えるよ」

「いいえ！　ご飯に入れるくらいなら、そのまま湯に溶き、お茶代わりに飲みましょう！　そのほうが絶対に効きますって！」

矢吹はせめて飲み物として配膳されるぶんには、あとは各自の勇気と判断でどうにかしてくれるだろうと考えた。ご飯が普通であれば、たとえお茶一杯がこの世のものとは思えない味でも、食事自体が地獄になるわけではない。一杯だけ我慢すればいいのだ。

「え？　それならお茶用もあるから大丈夫だよ。ほら、これ！　スペシャル元気ティーの漢方ブレンド粉。万能粉末やセンブリは、あくまでも混ぜ込み用なんだ」

（えええっ⁉）

とはいえ、矢吹もまさか三本目の小瓶まで出てくるとは思っていなかった。今度の粉末は土色だ。怖いのは、すべてが粉末化されていることだ。

使い勝手は確かにいいだろうが、何が粉砕されているのか、さっぱりわからない。原材料不明だ。唯一判明しているのがセンブリだけとか怖すぎる。

かといって、材料の現物を持ってこられても、わかるのは高麗人参《こうらいにんじん》や香辛料として見かけたことのある品ぐらいだが。

漢方の材料として他に思いつくものと言えば、熊の手やらオオサンショウウオやらマムシなど。運よく人生が百年あっても、いざ口に入れるのは躊躇《ためら》うものばかりだ。

「すごいよね〜。極楽院組では今のお姐さんを迎えてから、誰一人健康診断で引っかかった組員がいないんだって。やっぱり身体が資本だし。俺、これはうちでも絶対に取り入れなきゃ！　って思ったんだ。味見もさせてもらったけど、どれも生まれて初めて食べたよって味で、感動しちゃった。なんか、これぞ俺が長年求めてた味！　って感じでさ」

（あああっ。どうしたらこんなことに。やっぱりこれまでの行いのせいか？）

（きっとどれもこれも苦いかエグいんだろうな～）

（センブリなら、昔に田舎のばあちゃん家で腹を壊したときに飲まされたことがあるから、想像がつく。間違いなく苦い飯になる。だが、万能粉末とスペシャル元気ティーの味の想像がまったくつかない。漢方ブレンドなら、飲んで死ぬことはないだろうが……。果たしてメンタルは持つんだろうか？）

三本の瓶を持ち、心から浮かれている幸功の姿に、もはや二人の若い衆は膝から崩れそうになっていた。だが最後まで退路を探し、決して諦めないのが矢吹だ。

突然「坊ちゃん‼」と声を上げた。

「ん？」

「本当に申し訳ありません！　矢吹の一生に五度くらいのうちの一度目のお願いを、今ここでしてもよろしいでしょうか」

「どうしたの？　一生に一度じゃないところが、妙にリアルだけど」

急な申し出に、幸功は不安そうに問い返す。

すると矢吹が、胸元で両手をすり合わせた。

「今朝は天気予報で一日晴天とあり、洗濯物干しの予定が過去最高量あるんです。朝食のお支度よりも、そちらを手伝ってはいただけないでしょうか？」

――なんだ、そんなことか。

幸功は安堵《あんど》して、胸を撫《な》で下ろす。

「いいよ。でも、それなら朝ご飯のあとでもいいでしょう」

「いいえ！　シーツやカバー類などもありますので、幾度も洗濯機を回すことになります。今から干し始めても午前中いっぱいかかりますので、どうか本日はお洗濯優先で！」

そして矢吹は、左右の手で五と一を作り、一生に五度の願いの一回目を懇願した。

ここまでされると幸功も予定を変更するしかない。

だが、気合いを入れてきただけに、どうしても肩が落ちる。それを見た矢吹は、すかさず言い添えた。

「あ！　でも、そのセンブリ粉だけは、ご飯に入れましょうか。せっかく坊ちゃんが極楽院の姐さんからいただいてきたのですし。他のは後日ってことで」

一瞬でも「逃げられた」「矢吹さんナイス」と歓喜した若い衆からすれば、これこそぬか喜びと言える。かえって深い絶望の底へと落ちていった。

逆に瞬時に笑顔を取り戻した幸功とは、気の毒なくらい対照的、まさに天国と地獄だ。

「わかった！　そうしたら、これだけ入れるね」

そうして幸功は、嬉しそうに瓶の蓋を外して、洗い終えた米の中にセンブリ粉末をドバッと入れた。調理台の壁に掛かっていたホイッパーを手にして、これをよく混ぜる。分離が不可能なくらいに。

果たして、投入された粉末が米の分量に対して正しい量なのかは幸功のみぞ知るだが、内釜に張られた水は、見る間に苔色を薄めたような黄色みがかったものになっていく。

魔女が魔法薬でも作っているような光景だ。若干くすんだ色のパエリアだと思い込めば、どうにかなる。色味だけならば——。

「三十分したら、炊飯のスイッチをよろしくね！」

まんべんなく混ぜ終えると、幸功はホイッパーを洗って、元へ戻した。

「かしこまりました」

「では、坊ちゃん。ランドリールームへ」

「はい！」

組長、幹部以下若い衆まで常時五十名近くが共同生活をしている本宅だ。一言で洗濯と言っても、洗濯機と乾燥機が五台ずつある。

すでに全台がフル回転していた状態を見ると、幸功は矢吹のお願いにも納得をした。

そして、第一弾の脱水が終わると、幸功は早速、洗濯物を干すべく、かごへ移した。

一方、脱衣所兼洗面所には、今し方起きた男たちが集まり始めていた。

「キッチンから坊ちゃんの声が聞こえたが、やっぱり張りきってるのか？」

寝間着代わりの浴衣姿《ゆかたすがた》で歯磨きをしつつ、どこかおびえた声で言ったのは、若頭を務める氷熊《ひょうま》。四十代前半で、見た目は熊ゴリラといった体型の、組一番の強面だ。

親の代からこの組に籍を置き、家事手伝いから特攻隊長にのし上がり、今では功盛の右腕にして、誰もが頼りにするナンバーツー、昭和ナイズの極道だ。

舎弟どまりで逝った親を超えて今の地位にいる叩《たた》き上げ。組長の功盛のことも、幸功のことも、幼いころ「高い高い」などして面倒を見てきた。ちなみに彼が作る飯は間違いなく美味い。

「はい。冬休みに入ったので、家のことは任せて！　俺が主夫をするから‼　と宣言したのを、有言実行されているようです」

お付きの若い衆の一人が、にこやかに答えた。その他二十代から三十代の男たち、四人が氷熊についていた。皆、功盛が経営している事業の一つ、土建業をバリバリこなしているので、冬場であっても浅黒い肌がよく似合う、ガチムチの筋肉男子ぞろいだ。

彼らはここへ来た当時は荒みきっていたが、人なつこくて、怖けることのない幸功に甘えられ、共に過ごすうちに心が洗われた。おかげで、立派かつ超頑丈な胃腸の持ち主にもなったが、こうして笑顔の絶えない日々を送っている。

「せっかくの休みなんだから、朝寝坊でも遊びほうけるでもしてくれていいのになぁ〜」

そうぼやくが、すでに若い衆ら四人が覚悟を決めているのを見ると、氷熊もそれに倣うしかない。歯磨きをして髭《ひげ》を剃《そ》り、洗顔を終えるまでに心を決めて、むしろ四人の手本となるべく食いっぷりを脳内シミュレーションしていく。

「まあ、俺らのために頑張ってくれてることだしな。坊ちゃんが学業で忙しかった間、普通飯にすっかり馴染《なじ》んじまったから、舌が慣れるまで数日はかかるだろうが――。ここは男気を見せるしかねぇか！」

「「「「はい！」」」」

そうして顔をきっちり拭き上げると、氷熊はお付きの四人を従えて、洗面所をあとにした。その足でキッチンへ向かう。様子を窺《うかが》おうと思ったからだ。敵情視察とまでは言わないが、何が供されるのか知っていれば覚悟を盤石にできるというものである。

朝日が照らし始めた庭園から、鹿威しの音が〝カッポーン〟と響く。

「ところで、古門《こもん》の姿が見えないが」

ふと思い出したように氷熊があとを歩くお付きに訊《たず》ねる。

「古門先生でしたら、昨夜は事務所にお泊まりです。仕事に手間取って――と、連絡がありました」

「そんなことを言って、古門の奴。逃げやがったな」

「失礼な。夜明け前には帰宅しましたよ。幸功さんが張りきってくださるとわかっていながら、そんな不義理はしません。それこそ一生、卑怯者《ひきょうもの》呼ばわりされかねないですし」

通りすぎた部屋の雪見障子が開くと同時に、話題に出された古門本人が出てきた。功盛とは高校の同級生だった三十前半の彼は、司法試験に合格して以来、霧龍組の顧問弁護士だ。学生時代から、功盛の投資や起業準備に協力をしていたブレーン班の筆頭で、細身に目つきの悪い三白眼がサイコに見える。黒髪のオールバックに三つ揃《ぞろ》えのダークスーツがトレードマークで、就寝前後や起き抜けでも、決してパジャマ姿で人前に現れることはない。さすがに上着までは羽織っていないが、今朝もアイスブルーのシャツに黒のベスト、ズボン、ネクタイに靴下で全身をビシッと決めている。

「ふっ。こんなところで男気の無駄遣いしやがって」

「死なば諸共。カチコミならぬ、かき込みです。それにこのご時世、幸功くんの準備した食卓以外で男気を見せるところなんてなかなかないでしょうしね」

男気を見せられ、呆《あき》れながらも喜ぶ反応を見せる氷熊に対し、古門も含みのある笑みを浮かべる。

「おいおい。朝から物騒な話だな。とても飯の話をしているようには聞こえないぞ」

ここでさらに立ち話に加わる者がいた。

氷熊同様、寝間着代わりの浴衣姿で部屋から出てきた霧龍組組長・霧生功盛だ。

男盛りの彼は、身内や同性の目から見ても色気のあるインテリイケメンで、俳優が極道役を演じていると言っても、疑う者はいないほどのルックスと長身の持ち主だ。

武闘派としても確かな腕を持っている。だが、今を生きる極道に必要なのは経済力。

それを熟知しているため、古門と共に力を入れて、結果を出してきた。

表向きには家業を継いで不動産・建築業を営んでいる。いち早く仮想通貨などにも参入しており、儲《もう》けどきは外さない。知能派の印象が強く、かけている眼鏡もそれを後押ししていた。

言うまでもなく、幸功を過保護なほど溺愛しているナンバーワンは、この功盛だ。

そしてナンバーツーは氷熊で、古門は「自分ぐらいは客観視しておかないと」と言って、ナンバーフォーに甘んじている。霧龍組や家内を動かすトップがそろってこれでは、幸功が何事もなく日々健やかに過ごすのは、かなりの重要課題ということだ。

「組長！　おはようございます！」

「おはよう。まあ、幸《ゆき》が張りきるなら、それ相応の覚悟はいるだろうがな」

そんな話をして三人で笑っていると、

「あ！　やっぱりいた。声が聞こえるな～と思ったんだ。おはよう、兄ちゃん。氷熊も古門さんも、みんなおはよう！」

噂をすれば影だった。庭から洗濯かごを抱えた幸功が声をかけてくる。

姿見の前で確認済みの笑顔は、ここで最大の威力を発揮した。

お付きの者たちが、ささっと庭側の掃き出しの木製ガラス戸を開いていく。

「おはよう、幸」

「おはようございます、坊ちゃん。もう洗濯干しですか？　精が出ますね。そうだ。氷熊も手伝いましょう」

「おはようございます。なら、私も一緒に」

功盛たちは、そろいもそろってニコニコだった。デレデレと言っても過言ではない。氷熊と古門など、いそいそと踏み石に置かれたサンダルを履いて、縁側から庭へ下りる。

「え〜。二人が手伝ってくれるの？」

「こう見えて家事万能、一兵卒からの叩き上げですから」

「私も嗜《たしな》む程度ですが、家事はこなせますのでね」

「二人とも頼もしい！　ね、兄ちゃん」

「そうだな」

この展開には、幸功のあとを追いかけてきた矢吹もびっくりだ。

しかし、どこからか「きゃんっ！」と鳴き声が聞こえてきたのは、このときで――。

「なんだ⁉　今の声は」

「犬？　でしょうか」

「石倉のほうだな。行ってみよう」

少なくとも敷地内から聞こえてきたのは、誰の耳にも明らかだった。お家柄、不審な事態はすぐに確認が必要だ。

功盛も踏み石のサンダルを突っかけて庭へ下りると、鳴き声がしたほうへ向かう。

「あ、俺も！」

「お供します」

幸功と矢吹も抱えていた洗濯かごを縁側へ置き、功盛たちと共に庭の西側へ向かう。

江戸時代に建てられた、建築面積が四畳半ほどの屋根裏部屋付きの石倉の横には、井戸がある。

「組長たちはここにいてください。俺が様子を見てきますので」

氷熊はそう言うと、浴衣の下に巻かれたサラシの中から自動拳銃を取り出した。

前世紀に流行ったソ連製で、ずいぶん使っていないが、手入れを怠ったことはない。

生粋のヤクザである限り、またここが組屋敷である限り、常に油断は禁物だ。

たとえ今がどんな年号であっても。昭和に出入りだ、カチコミだとやっていた極道たちは、老いても健在していたからだ。

「――ん？」

「どうした、氷熊」

「組長、子犬です」

しかし、銃を構えた氷熊が目にしたのは、井戸の側で、子犬が数匹重なり合っている姿だった。すぐさま銃を懐へしまう。

「かなり小さいな」

氷熊に言われて足早に寄ると、功盛が一番上で仰向けになっていた黒柴を抱き上げた。

「生後一ヶ月から二ヶ月ぐらいですかね？　近所の野良が産んでいったんでしょうか？　それとも無責任野郎が放り込んでいったとか？　あ、古門。それを頼む」

そして、氷熊が横向きになっていた白柴を。

さらには、古門がうつ伏せになっていた赤茶の柴を抱き上げる。

「近所の子供たちが拾ったものの、どうにもできなくて――。なんて、線も考えられますね。何年か前にも、ありましたし」

ただ、一番下になって突っ伏していた子犬を見ると、幸功は両目を見開いた。

（え？　ポチ⁉）

すぐさま抱きかかえて、その顔を見る。これまで見てきたライトグレーの夢に、初めて色がついた瞬間だった。三匹に押し潰されてぐったりしていたのは、幸功が今朝も夢で見た子犬のポチにそっくりだった。

3　回想――狼国の事情

〝必ずシン・ランの番を見つけ出して、ここへ戻る。私の留守を、我が兄を頼んだぞ〟

そう言い残し、古井戸の中へ飛び込んだユン・ランは、水面に映る満月の中へ吸い込まれると同時に瞼を閉じた。

瞬間、脳裏にここ数年のことが走馬灯のように蘇《よみがえ》る。


国の軍部を預かる大将にして、現狼王の王弟でもあるユン・ランが、意を決して狼王シン・ランに問いかけたのは三年前――公務後の夕飯どきのことだった。

「シン・ラン。ここのところ元気がないようだが、具合でも悪いのか？」

その日城にて、ユン・ランは兄のシン・ランと向かい合い食事をとっていた。

澄んだ瑠璃色の瞳には、まっすぐに背まで伸びた金糸の長髪に琥珀色《こはくいろ》の瞳を持つシン・ランの憂い顔が映し出されている。

「案ずるな。どこも悪くない。ただ、ふとしたときに気持ちが沈む。それだけだ」

するとシン・ランは、ため息交じりに笑った。言葉にも表情にも嘘《うそ》やごまかしはない。

生まれたときから側にいて、彼を見てきたユン・ランならよくわかる。

「未だ運命の子が現れないからか？　最近、夢は見ないのか？　前は、おぼろげながらも、そうだとわかる者の夢を見ると言っていたが。もうどこかで生まれているということなのだろう？」

ユン・ランは思いきって核心に迫った。

他にシン・ランを憂鬱にする理由が、思い当たらなかったからだ。

「夢は見る。未だに姿は、はっきりしないが。ただ――」

「ただ？」

「最近、思うのだ。もしかしたら、私がアルファとして頼りないから番となる者が現れないのか？　そなたのように力強く、たくましく、魅力的であれば運命のお子も……」

すると、シン・ランは俯《うつむ》きがちに心の内を明かしてくれた。

その言葉はユン・ランにとっては驚きでしかなかった。思わず声を荒らげる。

「シン・ランは文武両道の狼王だ。年頃の娘たちは、皆口をそろえて〝自分が運命のお子だったら〟〝この耳と尻尾がなかったら〟と残念がっているというのに」

「そうか？」

「そうだ。体格は、多少は私のほうがいいかもしれないが、それはシン・ランが勉学に充てていた時間を剣技に費やしたからに過ぎない。単純に運動量の違いだ」

シン・ランはユン・ランの二つ上の兄であり、黄金の艶やかな毛並みと類い希な容姿を持って生まれた眩《まばゆ》いばかりの狼であり狼人だった。その美しい姿もさることながら、心穏やかで優しく英知に富む、まさに非の打ちどころのない一族のリーダーである。

第二王子として生まれた勇ましい銀狼ユン・ランと共に、国の輝かしい未来と繁栄を象徴する金銀の王族として、幼い頃より国民から愛されてきた。

しかし、前国王夫妻が若くして流行病に倒れ、他界したことで、シン・ランは成人にはほど遠い十二歳で玉座に就くこととなった。幼くして一国の王となった兄の重責はどれほどのものだっただろう。

そうでなくとも、まだまだ両親に甘えたい年頃だ。王子であっても、それは普通の子供と変わらない。だが、シン・ランはそんな素振りを見せることはなかった。

〝これからは僕が両親のぶんまでユン・ランを守るからね〟

そしてユン・ランには、どこまでも弟を溺愛する兄として接し続けてくれたのだ。

〝それはユン・ランも同じです！　これからは狼王となった兄上を一番に守ります！〟

〝ありがとう。ユン・ラン。それでは二人でこの国を盛り立てよう〟

〝はい！〟

兄の言葉を受けて、ユン・ランは子供ながらに狼王の護衛に志願した。

物心つく頃から文武両道の教育は受けてきたが、剣術が頭抜けて長けていたユン・ランは、十歳にして大人たちに交じり、近衛隊入りを果たしたのだ。

そうして日々腕を磨き、十六を過ぎた頃には、国一番の剣士と呼ばれるまでに成長した。二十歳の成人を迎えたときには、第二王子付きの従者で、ユン・ランを誰より慕っていた四天狼——パイ、ホン、スウ、フォン——を従え、狼王だけではなく国民すべてを守る国防軍へ異動。また、勉学で身につけた戦術、持ち前の知性、冷静な判断力が認められ、二十三歳となった今では大将に上り詰めている。

「だいたい、体質ではないのかな。私だって、ホンの体格には敵わなかった」

見目、地位、立場、能力、そのすべてにおいて国民から羨望の眼差しを向けられるユン・ランだが、シン・ランと二人になれば、年相応の顔を覗かせる。ふて腐れて自身も体格にコンプレックスがあると打ち明ける。

「なるほど。体格の話はタブーだったようだな」

「ん?」

シン・ランが思わず吹き出した意味もわからず、首を傾げる。

すると、今度はシン・ランがユン・ランに聞いてきた。

「ユン・ランこそ、オメガとの出会いはないのか? そなたに運命のお子が現れれば、少なくとも世継ぎの心配をせずに済むのだが」

これはシン・ランの本音だった。彼にとって一番大事なのは、国と国民の安泰だ。

そのために存続を求められるのが王家とその血ならば、跡を継ぐのは狼王の子でなくともいい。王弟の子でもいいではないか、と考えている。たしかに今までは嫡男のアルファのみならず、王族であるアルファが生まれると、その番となるオメガが国内には生まれていた。ユン・ランにも運命の子が現れないのは問題ではあったが、王であるシン・ランの深刻さとは比にならない。

しかし、これに対してユン・ランは――。

「シン・ラン。言いたいことはわかるが、そもそも私は、運命の子の存在については、半信半疑なのだ。シン・ランから〝夢に見る〟と聞いていなければ、史録に書かれてはいても、迷信を綴《つづ》っただけなのではないかと考えるところだ」

「ユン・ラン」

「この国は、王と神の二本柱で成り立っている。大神官が神の告げを受け取り、王がそれを政に反映させていく。だからもちろん大っぴらに口に出すことはしない。だが、神や運命など目に見えない曖昧なものは、信じる者のみに現れる功徳であり、現象だろうと私は思っている。だからシン・ランにはきっと運命の子は現れる。でも、私にはきっと現れない。私に番となる伴侶ができるとしたら、シン・ランに運命の子が現れ、無事に世継ぎが誕生してからだろうな。そうしたら、安心して嫁探しにも興味が起こる。私の伴侶になるオメガを探すことにしよう」

王位継承や世継ぎの問題は大事だが、言い伝えには興味がなかった。信じている者たちを否定することはないが、だからといって自分が盲信する必要は感じない。

なぜなら、運命なんてものも相対的だからだ。言い伝えや信仰など、国や種族が変われば別の意味や価値を持つ。

たとえば、こうして狼国にて待望される「運命の子」も、隣国の一つである鳥人国《ちょうじんこく》では、「呪われた子」と呼ばれる存在だ。翼を持たずに生まれて変化もできないとなれば、鳥として生きられない。不吉と忌み嫌われ、無事に育ててもらえるかどうかさえもわからない。

そんなあやふやな存在に頼れるわけがないと思う。

「それは困ったものだ。私に運命の子が現れなければ、そなたまで婚期を逃してしまう」

「何、すぐに出てくるさ。それに私は、シン・ランが出会い、心惹《こころひ》かれた者こそが、運命の相手だと思う。アルファの血、オメガの血よりも、大切なのは心だと」

「ユン・ラン。それを人はあとから〝運命〟と呼ぶのだよ」

「？」

「いずれわかるときが来る。そなたにも、きっと私にも」

当時は、ユン・ラン自身も口にしたように、すぐにシン・ランの相手が現れるものだと思っていた。

シン・ランが信じている限り、運命の子はすでにどこかで生まれ育っている。

あとは出会いの瞬間が訪れるのを待つだけだろうと――。


しかし、それから月日はあっという間に流れて、三年が経った。

国内のみならず隣国にも気を配り、情報を集めているにもかかわらず、シン・ランは未だに番となる運命の子に出会えていなかった。運命の子はその見た目から、すぐにそうだとわかる。今までは、国内で人形《ひとがた》の子――つまり、オメガが生まれればすぐに城に報告が来ていた。お互いの適齢期を待ち、オメガのヒートに王族のアルファが発情を誘発され、かつ大神官が神の告げを受け取れば、運命の子として認められる。

城内でも、この状況を危惧する者たちが増えてきた。

〝運命のお子はまだ見つからないのか⁉〟

〝王弟殿下のほうが先に運命のお子との出会いを果たすのではないか？〟

〝さすれば狼王陛下はどうなるのだ？　まさか王弟殿下が狼王陛下の失脚を企み⁉〟

〝滅多なことを言うな。だいたい、その王弟殿下の運命のお子も見つかっていないのだぞ。王家の世継ぎはどうなるのだ⁉〟

――不安を口にし、ありもしない謀を妄信し、派閥争いのような風向きさえ出始める。

こうなるとユン・ランも、悠長に構えてはいられない。

(私が、公務で身動きの取れないシン・ランの代わりに、運命の子を探しに出るべきか)

ユン・ランは密かに考えていた。耳や尻尾がある振りをして身を隠している可能性もある。

(オメガは番を持たないアルファが近づくとヒートし始め、ベータにはわからない匂いを放って存在を示す。アルファはそれに発情を誘発される。仮にオメガに出会ったとして、それが運命の子だと私にどうやってわかるんだ？　いや。そのオメガを連れてきて、シン・ランと大神官に判断してもらうほうがいいだろう)

そして、ある決意をすると、四天狼を自室へ呼び、考えを打ち明けた。

「なんですって⁉　ユン・ラン様が狼王様のお相手を探しに行く？」

短い赤茶毛をサイドに流したフォンが、真っ先に声を上げた。

「狼王様の代わりに、全国を回られるというのですか？」

「国防軍はどうするんだ？　ユンは大将なんだぞ」

するとフォンに続いて、肩までの白毛のストレートヘアが美しいパイと、癖のある茶毛を後頭部で結んだスウが次々に質問をしてきた。

「国を見て回るのも国防の一環だ。今は争いもないし、各国との関係も安定している。中将たちに任せても大丈夫だろう」

「……それは、確かに」

「見つからなければ隣国へも足を延ばすが、まずは国内からだ。仮に至急、戻る必要が出てきても、城から使い鳥やドラゴンを飛ばしてもらえば、どうにかなる。ドラゴンならば、隣国からでも半日とかからずに舞い戻れる」

説明をするユン・ランに、声を発した三人が困ったように視線を行き来させる。

ユン・ランは、決定事項を告げるだけで、意見は求めていない。

もはやパイたちにできることがあるとすれば、ユン・ランに遅れを取らないよう旅支度を始めるだけだ。が、ここで黙って聞いていたホンが口を開いた。

「ユン・ラン様。一度、神に告げを求めてみるというのは？」

すっきりとした短髪で黒毛のホンは、シン・ランと同い年。建国のときより神官職を受け継ぐ黒狼長一族の出身で、神に祈りを捧《ささ》げ、国と民の安全を願い、告げを受け取る大神官のもとで、本来ならば神職に就くはずだった。特に大神官の孫の一人であるならば。

「私に大神官殿を頼れということか？」

「はい。実は、祖父がここ最近の王城の不穏な空気を危惧し、一度、運命のお子の存在有無を神に訊ねてはどうかと」

ホンは剣を手に軍人の道を選んだ男だ。大神官からの申し出を伝えはするものの、現実的な彼は神の存在に懐疑的で、ユン・ランと感性が近い。

「苦しいときの神頼み——か？」

ユン・ランが思わず苦笑を漏らす。

しかし、パイは「それは名案です。大神官殿をないがしろにしてはなりません」と口を出した。

「どちらにしろ、ユン・ラン様が城を出るのは変わらないでしょう。ユン・ラン様は、狼王様のお相手がいるならいる。いないならいないで、それをご自分の目で確かめなければ、気が治まらないでしょうから。それならば告げを聞いてみるのも一つの手です」

パイは悪びれた様子も見せずに微笑み、先を続けた。フォンは首を傾げていたが、スウはパイの思惑を理解し、感心するように頷《うなず》いている。

「いかなる状況に導かれようとも、我が国の二本柱である王家と神官家が心を一つにして得た結果であれば、民は納得。決して国が割れることはないと思うのです。反対に、大神官殿のご提案を無視して行動すれば、いい結果が得られても納得しない者が現れます」

ユン・ランは、痛いところを突かれたとばかりに眉をひそめる。

「もちろん私は——、いいえ。我々四天狼は、ユン・ラン様が望まれる狼国のためには、命もかけましょう。ですが、策略的に、もう一つの柱である神官家の顔を立てて神に頼っておくのは悪くありません」

パイはまっすぐにユン・ランを見つめたまま、微動だにしない。

　ユン・ランは、自分がもっとも危惧することを見抜いた上で、助言をしてきたパイに対し、小さく頷いてみせる。

「わかった。気を遣わせてばかりですまない。ホン、至急大神官殿への目通りを」

「はい！」

　そうしてホンは一礼ののち、すぐに祖父である大神官へ連絡を取った。


　ユン・ランがもっとも危惧していることは、王家の世継ぎに不安になっている臣下の者たち――シン・ラン派とユン・ラン派が対立し、争いに発展することだった。

　ユン・ランがシン・ランのために行動しても、そこに世継ぎ問題が絡んでくる限り、争いの種になりやすい。運命の子が見つからなければユン・ランが王の座を狙っているからわざと見過ごしたに違いないと言われるし、見つかったとしても子供ができないなどの問題が起これば ユン・ランの謀に違いない、と言われるだろう。

　いずれにしても、ユン・ランの独断で行動するのはリスクが大きいのだ。

　ただでさえ争いを好む本能がある種族なのだ。派閥もできやすい。

　そもそも古の狼族は、同種族であっても、他の群れと共存はしなかった。

　現在のように最大級の二つの群れ――黒毛族とそれ以外の毛色の集合族――が共存する

ようになるまでは、小さな群れごとに暮らし、テリトリーが脅かされれば相手を根絶やしにしてきた。

だが、いつしか獣より人としての血のほうが濃くなっていき、本能を理性で抑えることを覚えた。そして、他種族からテリトリーを守るためには狼族で団結する必要があった。このことから、二つの大きな群れが一致団結して一つの国を作ることを決めた。それが狼国だ。

そして双方の群れの長一族が話し合い、ユン・ランたちの先祖が王家として政治を、そしてホンの先祖が神官として神と通じ、祭事を司ることとなり、二本柱となったのだ。史録によれば、互いに力を発揮できる役職を模索した結果なので、どちらも納得の上の取り決めだった。

しかし、持って生まれた本能は消えはしない。どちらか一方でも本能が抑えられなくなれば、争いは起こる。

そしてそれは、王族と神官という二つの群れでなくとも、シン・ラン派とユン・ラン派でも起こりうる。相手を敵と認識すれば、根絶やしにするまで攻撃をやめなくなるだろう。

そのためユン・ランは、どんなに小さなことであっても、争いの種は早いうちに摘んでしまおうと考えた。そもそも兄弟同士でもめているわけでもないのに、その支持者たちが争うことなど、絶対にあってはならない。

（苦しいときの神頼み――か。私なら、こんなときばかりと呆れそうだが、神は答えてくれるのだろうか？）

そうしてユン・ランは、四天狼と共に城の敷地内にもうけられた石造りの神殿へ出向いた。

「これはこれは王弟殿下。よくぞ参られた。こうして王弟殿下が私を頼りにされたのは、大変光栄なこと。早速、神に訊ねてみましょう」

黒地に金の縁取りが施された祭服に身を包んだ老狼人は、両手を広げてユン・ランを歓迎した。そして、礼拝堂から奥へ続く廊下へユン・ランたちを招き、ご神体とされる水晶のクラスターが祀《まつ》られる一室へ通した。

誰であっても、大神官の許可なくこの一室へは入れない。

大神官は、まずは祭壇に祀られた縦横二十センチほどのご神体に祈りを捧げる。

そして、その横に陶器の香台を用意し、神への貢ぎとしての香を焚《た》き上げる。

準備が整うと、大神官は懐から絵札の束を取り出し、香から立つ細い煙をまとわせた。

何十枚もの絵札を手中でシャッフルしながら、ユン・ランに「神に心より祈り、そして訊ねよ」と促す。

「私の神様へのお訊ねは、狼王シン・ランが心待ちにしておられる運命の子についてです。誕生の有無。生存の有無。そして生存しているのであれば、ぜひとも所在を教えていただきたい」

大神官は数枚の絵札を通して、神からの告げを受け取る。

「狼王シン・ランの運命のお子は狼国にて誕生し、生存しているが、所在は東にある孔の果て？　異世界——それは、人間界ということか⁉」

ただ、ユン・ランが受け取った神の告げは、誰もが予想しないものだった。

翌日からユン・ランは四天狼と共に、城から東に広がる城下町や狩猟場としている森の中を捜索していった。

だいぶ疲れもたまり、今宵は王家所有の狩猟小屋にて休憩を取ることにする。

（孔か——。運命の子。この地で誕生しているのに、この世界にはいない。それは、意図的に異世界へ落とされたのか、自ら落ちていったのか）

異世界への出入り口になりそうな孔をしらみ潰しに調べてはいるが、それが見てわかるものなのかどうかさえわからない。

目にしていても、それが異世界への出入り口だとは気づかないまま通り過ぎている可能性もある。

「孔という孔は、すべて確認しました。しかし、この辺りには、もうそれらしいものがまったくなく――」

しかも、届く報告は肩を落とすものばかり。伝えるパイたちも心苦しそうで、胸が痛む。

(もしかして東ではなかったのか？　あの絵札は夜明けではなく、日没を示すものだったのか？　とすれば――西か？)

ユン・ランは絵札の読み違いまで疑い始めた。大神官のもとへ行ってから、あっという間に半月が過ぎていた。

(いっそ、国をあげて捜索の号令をかけるべきなのか？)

だが、ユン・ランが独断で、それも四天狼だけを連れて探しているのは異世界への出入り口だ。当然、これを知れば、シン・ランはユン・ランの目的を悟るだろう。それは避けたかった。大神官にも、このことはシン・ランには伏せておくよう口止めをしていた。

仮に孔が見つかったとしても、ユン・ランが安危もわからぬ異世界へ行くことを、すんなり許すとは思えない。それだけでなく、国をユン・ランに預けて、自分が迎えに行くと言い出しかねない。

しかし、それでは本末転倒だ。ユン・ランが一番守りたいのは最愛の兄であり、狼王シン・ランなのだから――。

だが、そんなとき、スウが朗報をもたらした。

「ユン！　この者が孔を知っていた！　旧狩猟小屋にある古井戸だ」

それも孔について多少なりとも知っている者を連れてきたのだ。

「この者はハン。先祖代々、狩猟小屋の管理人だ。さ、知る限り話してくれ」

「ユン・ラン殿下。お初にお目にかかります。私はハンと申します。こちらは、狩猟小屋の管理職と共に、代々長子が引き継いできた密書になります。孔の在処や、これに通じる世界に関することが記されております」

ユン・ランの前で跪《ひざまず》いた中年男性は、スウと同じ毛色の者だった。彼から差し出されたものは古い巻物。表紙に使われているのは王家の紋が織り込まれた絹生地だった。

(当家と繫《つな》がりがあるのだろうか？　しかし、史録には何も――)

ユン・ランは巻物を受け取ると、その場で開いて目を通した。

パイやスウたちも、ユン・ランの目配せにより、背後に立って一緒に目を通す。

(我が家代々の長子へ。これより三代目狼王、大神官となった友より賜った名誉ある孔の管理職と、その子々孫々まで引き継ぐべき責務を書き記して残す。必ずや当家の長子が末代まで、血族最後の一人が絶えるまで、他言無用で極秘に井戸の管理を全うすべし)

それは三代目の狼王と大神官、そして最初の管理人の間で交わされた密約を子孫に向けて書き残したものだった。王家の史録にさえ残されていない孔の在処や、異世界へ行き来するタイミングなどが記されている。

次世代への引き継ぎ以外は他言無言とあったが、〝いずれ王家の大事に関わるとき、孔の在処を求められたときには、速やかに報告すべし〟とも書かれていた。

王弟であるユン・ランが直々にやってきた、そしてスウより「異世界へ通じる孔を探している。何か聞いたことはないか？」と声をかけられたことで、今が報告のときだと判断したようだ。

一読したユン・ランが、管理人に視線を向ける。するとハンがおそるおそる聞いてきた。

「お役に立てましたでしょうか？」

「ありがとう。感謝する」

「はい！」

不安そうだったハンの顔が見る間に明るくなる。

「お待ちくださいユン・ラン様」

しかし、パイが前へ出て、いつになく冷ややかな視線をハンへ向ける。

「そなた自身は、この新しい狩猟小屋の管理人だな。旧狩猟小屋にも詳しいのか？　そこが本当に入り口だと確信しているのか？」

ハンは肩をビクッと震わせた。

「私は父から仕事を引き継いだばかりでございます。巻物のことは、昔話のような、先祖の作りごとだと思っておりました。子孫に狩猟小屋の管理を誠心誠意務めさせるために、このような書き物を残したのだろうな――と」

「なんだと！」

ハンはその場に両手をついて頭を下げるが、これを聞いて慌てたのはこの男を連れて戻ってきたスウだ。

思わずフォンが「ぷっ」と吹き出す。

だが、男に真意を求めたパイは笑いを浮かべる。

「ユン・ラン様。大変正直で、信用に値する者かと存じます」

「確かに、そうだな。伝承を愚直に信じないところが我々とよく似ている。なあ、ホン」

ユン・ランも苦笑した。

「――ですね」

ホンも苦笑いを浮かべたが、ハンは恐縮しながらも安堵していた。両手を掲げて、大げさに「はは〜っ」と声を発しながら、今一度額を地面にこすりつける。

「パイ。とにかく確認しよう。しかも、今宵は満月。この巻物では月の光で孔が開くとある。旧狩猟小屋へ行くぞ」

「はい。ユン・ラン様」

ユン・ランは巻物を閉じると、その場で片膝をついて、ハンの肩に手を置いた。

「ハン。このたびは本当に助かった。今後も職務を全うしてほしい」

「ユン・ラン殿下」

そして、巻物を彼の手に返すと、

「三代目の狼王と大神官が、そなたの先祖に託したように。私、王弟ユン・ランからも、改めてそなたと子孫たちに狩猟小屋の管理を頼もう。どうか末永く――」

「はい！　ありがたき幸せにございます‼」

ユン・ランは立ち上がり、パイたち四天狼に目を向けた。

そして、軽く頷き合うと、旧狩猟小屋へと向かった。

＊＊＊

こうしてユン・ランたちは、神の告げと古からの伝えにより、孔を求めて旧狩猟小屋へ向かった。

（古井戸が異世界への扉にして、通路になるのは、月の夜。井戸の水面に月明かりが届くことが条件だと、あの巻物にはあった――）

兄の番となる運命の子を探すために、自ら孔へ落ちることを決める。

〝必ずシン・ランの番を見つけ出して、ここへ戻る。私の留守を、我が兄を頼んだぞ〟

そうして、走馬灯のように巡った記憶が途切れたところで、落ち続けていたユン・ランの身体がふわりと止まった。

（着いたのか⁉）

次の瞬間、まるで宙に放り出されたような衝撃を受けると共に、身体が少し重くなったと感じた。

（重力か？　孔を通っていたときには、落ちているというより静かに吸い込まれていくように感じたが――）

閉じていた両瞼を開くと、そこは見たこともない邸宅の庭だった。夜が明けそうになっている。

（まぶしい。異世界にも太陽があるのか――）

ユン・ランが出てきたらしい井戸があった側には石造りの倉が建っている。

手入れされた樹木と、池が見えた。そして、平屋造りの大きな家屋があった。

（瓦屋根？　どことなく我が国に……いや、それよりも鳥人国の貴族たちが住まう建造物に似ているか？　――ん？）

だが、ここでユン・ランは自身の身体に違和感を覚えた。地面に着地した体感では、こちらの世界に飛び出したときには、獣姿になっていたと思う。

それはいい。獣はいるが獣人姿の者はいないと聞いた異世界へ来たのだから、このほうが都合がいい。

（なぜだ？）

だが、四肢に力を入れて立ち上がるも、ユン・ランの身体はとても軽かった。

短い脚に、ふっくらとした胴回り。耳も小さく尻尾も短く、自分の世界で獣姿になったときとは感覚が違う。まるで生まれて間もない赤子の子狼にしか見えない身体になっていたのだ。しかも、綿毛の花のような、とても小さな前脚に目が釘《くぎ》付けになっていたユン・ランに悲劇が襲ってきた。

「――きゃんっ！」

背中にドンと強い衝撃を受けて、ペシャッと潰れる。

思わず悲鳴を上げたところへ、さらにドン！　だ。

（うぐっ⁉）

そして、悲鳴さえ上がらなくなったユン・ランに、トドメとばかりにズドン‼

続けて衝撃と重さが三度も加わった。痛みに耐える自分の視界を塞いでいたのは、赤茶、白、黒の見慣れた毛色だ。思わず「何⁉」と口走る。

「あわわっ！　ユン・ラン様」

「申し訳ございません！　私としたことが」

「なんたる無礼、お許しを‼」

「フォンまで来たのか⁉」

フォン、パイ、ホンが慌てて、怒りに目を見開いたユン・ランの上からどこうとするが、三人も同じようなサイズになっている。いくら短い四肢をバタバタさせても、その場でもがくことしかできない。しかも、ユン・ランの上に重なって乗っている。むしろ、その動きがうつ伏せ状態で潰されているユン・ランに負荷をかける。「のけ！　無礼者‼」と叫びそうになった。

しかし、このとき複数の足音が聞こえてきて――。

（人間か⁉）

ユン・ランたちは一斉に耳を澄ませ、息を呑んだ。

「え、じゅ――‼」

すると、目の前に現れたのは、熊人族《ゆうじんぞく》かと思うような大男だった。慣れた手つきで銃を持っていたことに、思わずフォンが声を上げそうになり、その口を咄嗟《とっさ》にパイが塞ぐ。

ただ、こちらはこちらで、毛色違いの子狼が四匹だ。それも不自然に積み重なっているのだから、これを目にした人間のほうも、驚いて固まっている。

「組長、子犬です」

最初に動いたのは組長と呼ばれた男。仰向けで一番上に乗っかっていたホンを抱き上げた。

（（（（――‼））））

ユン・ランたちは、人間たちが発した言葉を理解できることに衝撃を受ける。逆を言えば、自分たちが言葉を発すれば、それは人間にもわかる可能性があるということだ。

だが、それを今確かめるのは、さすがに危険な気がした。

(これはどういうことだ？　通じるなら、話が早くて助かるが――)

ユン・ランは、今しばらく観察しないことには、何一つ判断ができないと思った。

ここには、無事に元の世界へ戻さなければならない部下たちがいる。命がけであとを追ってきてくれた。

大事な部下たちを危険にはさらせない。ユン・ランは、視線と耳を動かし、重なるフォンとパイに「しばらくは黙っておけ」と合図を送った。

すると、フォンとパイが尻尾をひゅんっと振って「承知しました」と答える。

そして、これらを見たホンも、組長に抱っこされながら尻尾をひゅん。

だが、このやりとりを目にした組長が、フッと笑った。

愛らしいサイズの子犬が尻尾を振っているのに、笑顔にならない人間などいないだろう。

それは異世界だろうが極道だろうが同じことだ。

そうしてユン・ランたちが沈黙を決めたところで、パイが氷熊と呼ばれた大男に、フォンは古門と呼ばれた男に抱き上げられる。

(――はぁ。ん⁉)

しかし、ようやく三匹の重さから解放されたところで、ユン・ランは坊ちゃんと呼ばれた青年に抱き上げられた。現れた男たちの中では、一番華奢で若そうな者の両手にさえっぽりと抱えられてしまうことが、今のユン・ランには理不尽極まりない。

情けなさに、耳と尻尾が垂れてくる。

「ポチ」

（っ⁉）

ただ、そんなユン・ランをなぜか、青年は笑って「ポチ」と呼んできた。

「可愛い。嘘みたいだ。これって、俺に会いにきてくれたってことかな？」

（⁉）

ユン・ランを自分の顔の位置まで持ち上げると、頬ずりまでしてくる。

（！）

不覚にも胸がドキリとした。

鼻腔《びこう》をくすぐるような甘い匂いがする。

「ねえ、ポチ」

そうして嬉しそうにニコニコし、とうとう唇まで寄せてきた。

（いや、待て人間！　出会ったばかりの私に、この王弟ユン・ランに何をする気だ！）

これに慌てたユン・ランは、短く心許ない四肢をバタバタさせて脱出を試みた。

「え～。チュウはだめなの？　まあ、しょうがないか。ふふっ」

一応、意図は通じたようで顔が離れた。しかし、代わりに改めて抱っこをされると、頭から尻まで「いい子いい子」と撫でられる。

(ぶっ、無礼者っっっ‼)

経験のない、ぞわぞわとした震えが背筋に走った。

ユン・ランは全身を緊張させたが、それでも青年の「いい子いい子」は止まらない。

そしてそれは、四匹を抱えた彼らが屋内へ戻ってからもしばらく続いた。

さすがに朝食をとる間は、彼らもユン・ランたちを放したが――。

だからといって、ユン・ランたちがこの家の者たちに放っておかれることは、一瞬たりともなかった。

なぜなら、ここには顔に似合わず可愛いもの好きという若い衆が何十人といた。

「俺も」「あっしも」と抱っこを希望する男たちが、庭に面する廊下――縁側に行列を作ったからだった。

4 霧龍組とちっさいユン・ランたちの悲劇

庭では数分おきに〝カッポーン〟と、鹿威しの音が響いていた。

ユン・ランはたびたび耳をピクリとさせつつ、食事を終えた青年——幸功に再び抱かれて、ぐったりしている。

(どうしてこうなってしまったのだ?)

むさ苦しい男たちに「抱っこ」でたらい回しにされたあげく、「よちよち」やら「きゃわい〜」などという暴言を浴びせられたことに比べれば、幸功の手中で保護されている状態は天国だ。それは猛獣氷熊の手に戻ったパイを除いて、ホンやフォンも同じく思っているだろう。

しかし、多少はマシなだけで最悪な事態は変わっていないことに嫌でも気がつく。

今のユン・ランからすれば、到着早々フォン、パイ、ホンが続けて自分の上に降ってきたことも、スウだけが向こうへ残ったことも、さして問題ではない。

思いがけず「きゃんっ!」などと恥ずかしい悲鳴を上げてしまったが、それだって原因を作ったパイたちの心情に比べれば、大したことはない。みんなでなかったことにしてしまえばいいのだ。

だが、問題なのはこの赤子返りだ。

（なぜ、こんな身体になったのだ？）

ハンの巻物にも、こんなことが起こるなどとは書かれていなかった。

こちらの世界では獣か人かに分かれている。変化をすることもなければ、獣人姿になることもない。そう聞いてはいたので、獣になるまでならまだ理解ができる。

しかし、この赤子化だけは、頭が追いつかない。

（まさか、神のいたずらか？　いや、待てよ。――神⁉）

ユン・ランは別の方向から考え直してみることにした。

（仮に、人間の赤子になっていたら、こうはなっていない。どの世界にも秩序を取り締まる機関があるだろうし、普通はそういう機関に保護される。では、例えば獣人の赤子となっていたら、人間の世界は大パニックだろう。それこそ〝運命の子〟とか〝呪われた子〟とか、大騒ぎになっていた。では、成獣人や成獣狼だったら？　〝こいつらは危険だ〟と判断され、あの氷熊という男にあの場で仕留められていたかもしれない）

自分たちの第一発見者は、銃を手にした氷熊だったのだ。

あそこで発砲されなかったことを思えば、先ほどの抱っこでたらい回しさえ、命あっての物種だ。今なら大神官に「神のご加護でこのような姿になったのだ」と言われても、簡単に信じてしまいそうだ。

ユン・ランたちにとって最悪なことは、異世界まで来て目的も果たせずに絶命することなのだから。

(私たちがこの姿だから、こうして気を許して保護してくれている。どんなバージョンであっても、大人だったらこうはなっていない)

メカニズムはまったくわからないが、この世界で目的を達成するためには、赤子返りが必要不可欠だったのだ。

(ふぅ……。うっ‼)

だが、一難去ってまた一難。ユン・ランが安堵したと同時に、背筋がぞわっとした。

今まで思考に囚われすぎて、意識が逸れていたのだろう。

考えることをやめた途端に、背を撫でる幸功の手が気になってどうしようもない。

(この者は、どうしてこんなに……、私を撫でるのだ)

それでも今はこの世界の様子を窺うことに徹しようとじっと我慢する。まず必要なのは情報と知識だ。

見回すと、パイとホンも複雑な表情で撫で回されていた。

ただし、フォンだけは口元を緩めて、耳をピコピコしている。

今にも寝落ちしそうになっていたが――。

(フォンの奴――、ん?)

そのときユン・ランの背を撫でていた幸功の手が、急に止まった。

「この子たちは兄弟なのかな？　色やサイズからすると柴？　柴系のミックス？　なんとなくポチだけ毛質が違うよね」

魔の朝食後。和室に絨毯《じゅうたん》を敷いたリビングで、ローテーブルを囲むようにゆったり置かれたシングルソファーに座っていたのは、ユン・ランたちを抱えた幸功、功盛、氷熊、古門だった。部屋の隅には、お付きの者たちも四人いる。狼の子など見たことがない幸功たちは、誰もが四匹を子犬だと信じて疑っていない。ただ、ちょっと見たことのないタイプの子犬だ。

それで幸功も犬種について意見を求めたのだが――。

これを聞くと、古門は自分の抱いていたフォンをよく観察した。

「シベリアン・ハスキーとかアラスカン・マラミュート系の血が入ってるんじゃないですか？　あ！　これがシバリアン・ハスキーとかいうミックスかもしれないですよ」

思いついたように、いっときブームになっていたミックス犬種の名前を挙げる。

功盛と氷熊も顔を見合わせて、「ああ！」と頷き合って納得する。

「あ、なるほどね。きっとそうかも！　さすがは古門さんだ。博学！」

「そんなに褒めたら照れますって」

「へへへっ」

幸功は、夢を見始めたときからずっと気になっていた犬種だけに、ここぞとばかりに古門をべた褒めした。そして、再びユン・ランの頭や背を撫で始めると、

「それにしても、みんなもふもふコロコロしてて可愛いよね。さすがにこんなに赤ちゃんで迷い犬ってこともないだろうし。うちに捨てられていった確率が一番高いよね？　そうしたらさ、兄ちゃん。この子たち、うちの子にしてもいいよね！　バラバラにしたら可哀想だしさ！」

幸功は勢いよくねだり始めた。ユン・ランを大事そうに抱えながら。

「飼いたい！　飼うよね？　だってもう名前もつけちゃったし」

「ポチ」以外は毛色で呼んでいるだけだったが、幸功は全力で家長である功盛に、つぶらな瞳で訴える。が、大概のことなら「しょうがないな」と聞き入れてくれる功盛も、こればかりは二つ返事で承知はしなかった。最初に手を出したくらいだから犬は好きなのだろうが、飼うとなったら話は別のようだ。

「飼い主がいないのかどうかを確認してからだ。盗難届が出ているかもしれない。盗んだはいいが手に負えなくて、うちに放り込んでいった可能性も考えられるだろう」

「え？」

面と向かって否定されたことに驚いて、幸功の手に力が入る。

「それに、どこかの組の奴が、何かを企んで置いていった可能性もある。いずれにしろ、

この屋敷に犬が自然に入り込むなんてあり得ない。いったいどこから誰が侵入して置いていったのかということだけは、明確にしておかないと心配だ」

「あ……。そうか」

現実を突きつけられて、幸功の高揚した気分が一気に下がった。

だが、用心深い功盛からすれば、致し方がない。これまでに幾度となくハニートラップを仕掛けられたことのある彼だけに、可愛い子ほど警戒心が強くなるのだろう。

それは幸功も理解している。突然現れたのが夢に見続けた子犬だったから浮かれたが、これが可愛い人間だったら、自分だって間違いなく警戒をするからだ。

「……そうか」

幸功は功盛に向けていた視線を手中のユン・ランへ戻す。

だが、ここで「きゅるるる」と、可愛いお腹の音が古門の手中から響いた。

うとうとしていたフォンが、自分のお腹が鳴ったことに驚き、寝入りかけていた全身をぴしりと起こす。

（――わ！　すみませんっ）

フォンは、一瞬にして注目を集めてしまったことで、ユン・ランやパイたちを見ながら、ペコペコ頭を下げた。が、これればかりは仕方がない。眠気に逆らえなかった者が、空腹を我慢できるはずがない。

それに、空腹を感じ始めているのは、ユン・ランたちとて同じだ。最後に食事をしたのは狩猟小屋でのランチ。こちらとの時差などはわからないが、恐らく二十時間は食べていない。

「あ、お腹空いてるよね。ちょっとだけ待ってて。今、矢吹たちに専用のご飯を買いに行ってもらっ——、あ。帰ってきた」

ちょうど縁側から複数の足音が響いてきた。

「失礼します。坊ちゃん！　まだ開店前でしたが、店主に頼み込んで売ってもらいました。初めて飼う子犬用のセットです！」

朝食もとらずに若い衆二人を連れて出て行き、帰ってきた矢吹の両手には、何をそんなに買ったのか、大きな紙袋が持たれていた。

このぶんだと、霧龍組が表事業の一つとして全国展開している「保護動物専門のペットショップ&カフェ」で、当面必要なものをフルセット、しかも四組買ってきたのだろう。すごい量だ。同行した若い衆が言うには、「ケージはまだ車の中」らしいので、浮かれ状態に売り上げ協力が加わって、爆買いスイッチが入ったらしい。もしくは、幸功には口が裂けても言えないが、センブリ飯から逃れたことで舞い上がったのかもしれない。

「ありがとう、矢吹。あ、三人のご飯は、俺がおにぎりにして取っといたからね！　ここは俺たちに任せて、食べちゃって！　お腹空いたでしょう」

ただし、突然現れたユン・ランたちに夢中になっていても、幸功は組員思いだ。

朝食も食べず買い物へ行ってくれた矢吹たちへの心遣いを忘れるはずがない。たとえ矢吹たちが、「帰宅後の主食は冷凍チャーハンをチンしよう」などと喜んでいたとしても、しっかり彼らのぶんは取り置きしてあるのだ。

そのことを知ると――。

「え？　あ……。はい」

笑顔で食堂行きを勧める幸功の言葉に、矢吹たちが固まった。

「あ、坊ちゃん。そうしたら、俺たちがこいつらの飯の用意を手伝いますので」

「ささ、準備しましょう。矢吹たち、ご苦労だったな！　しっかり食ってこいよ‼」

そこへ氷熊や古門まで追い立ててくるものだから、矢吹たちは絶望の底へ落とされる。

彼らがいつになく「誰がテメェらだけ逃がすか」と追い詰めてくるのだ。

センブリ飯がメンタルに与える破壊力は、過去最強だったのだろう。

だが、それなら尚更、食べないわけにはいかないのが、仁義の世界だ。

これこそが同じ釜の飯を食う仲間の結束だ。

矢吹たちは帰宅後の浮かれ状態とは真逆に、重い足取りで立ち去った。

そして、氷熊と古門は、パイとフォンをお付きの者たちに預けると、同じようにユン・ランを預けた幸功と共に、必要なものを取り出してキッチンへ移動し、子犬たちの食事の準備を始めた。ただ、これが新たにユン・ランたちを追い込むことになるとは、誰一人として考えもしなかった。

（お腹減った〜。ご飯ご飯〜。人間界のおもてなしって、どんなご馳走《ちそう》だろう！）

よほどお腹が空いていたのか、フォンは尻尾をフリフリしている。ユン・ランやパイ、ホンも人間界の食事に関しては興味津々で、肉だけでなく、何でも食べられる狼人でよかったと思う。そう。空腹で判断が鈍ったのか、今の自分たちが赤子だということを、一瞬だけ忘れてしまっていたのだ。

「おまたせ〜。はい、ミルクだよ。いつから母犬と離れているのかわからないけど、お腹が鳴るほどだもんね。しっかり飲もうね！」

（（（――‼）））

おかげで、幸功たちが四人ぶんのミルクを哺乳瓶に入れて戻ってきたときには、先ほどの矢吹たちにも負けないくらいに固まった。身体が赤子であっても、中身は立派な成人男性だ。フォンを除けば二十代前半から半ば、パイなどは三十目前だった。

「ほ〜ら、ポチ。美味しいよ〜」

だが、とにかく可愛い子犬たちのミルクタイムだ。それも哺乳瓶で与えられる期間など、極わずか。その幸運さに、幸功たちのテンションは爆上がりしていた。購入してきた矢吹に、グッジョブを送りたい。

幸功は功盛にホンのぶんを渡すと、お付きの者からポチを返してもらい、ソファーへ着席。

早速哺乳瓶の飲み口を突きつけた。

(だからどうして、こんなことに――、んぐっ‼)

さすがにユン・ランも必死の抵抗を見せたが、所詮はミルクが必要な月齢の子犬と信じ込まれるほどの赤子だ。短い四肢をパタパタしている間に、哺乳瓶の口を突っ込まれて、人生が終わった気持ちになる。

(――)

しかも、勢いで出てきたミルクをゴクリと飲んでしまうと、つい先ほど「この姿になったのは、神のご加護に違いない」と感謝さえしたばかりなのに、今では「信仰心の薄い自分への天罰か、嫌がらせか」と腹が立ってきた。完全に八つ当たりだが、今はそれぐらいしか心の逃げ道がない。そしてそれは、ホンやパイも同じで――。

(これは、どんなプレイ――んぐぐ)

(いや、待て。私にこんな趣味はな――んぐぐくっ)

ホンは功盛から、パイは氷熊からミルクを与えられて、今にも泣きそうだった。

いや、パイの目には実際涙が浮かんだ。やはり三十目前の男に、趣味でもない哺乳瓶での授乳は拷問に値するのだろう。

（え〜っ。ミルクより肉がいいよ、分厚いステーキ！　これを飲み終えたらくれるかな？）

そんな中フォンだけは、鋼の心臓をユン・ランたちに見せつけてきた。

何の動揺も見せず、むしろ空腹を満たすために、自ら前脚で哺乳瓶を引き寄せて、ごっくんごっくん飲んでいる。フォンにミルクを与えていた古門もご満悦だ。

「おっ。この子は一番小さいのに、一番元気がいいですね〜」

ホンやパイが、死んだ魚のような目をしているのにも気づかずに、よしよしとフォンを褒めまくる。

（勝てない。いや、勝ちたくもない）

ユン・ランに至っては、もはやここへ来た目的さえ頭から消えてしまいそうだ。

「戻りました、坊ちゃん。ごちそうさまでした」

食事を終えた矢吹たちが、青ざめた顔で戻ってきた。どうやら功盛たちに、仁義を果たしたことを伝えると同時に、購入してきた品々の説明をしたかったようだ。

ユン・ランたちからすれば、矢吹は諸悪の根源だ。こいつが浮かれて哺乳瓶など買ってこなければ、ここまで屈辱を味わうこともなかった。逆らいきれずに飲み終えてしまったミルクでお腹をぽっこりさせつつ、恨みがましそうな目で睨《にら》んでいる。

だが、そんな顔さえ愛らしく見える現実を、ユン・ランたちは知るよしもない。

ない。

店では最高に浮かれきっていただろう矢吹の諸悪の根源ぶりは、哺乳瓶だけでは終わらない。

「あ、坊ちゃん。ペットシートなども一通りそろえてきましたが、一応わんこ用のマナーおむつも買ってきたんです。トイレを覚えるまでは必要でしょう。それに外出時もしていたほうがいいらしいですよ」

大きな紙袋の中から、SSサイズのマナーおむつのジャンボパックを取り出した。

それがなんなのかは、パッケージを見れば、ユン・ランたちにもわかる。

「ありがとう！　うわ〜。おむつカバーまであるの？　ほら、ポチ。可愛いよ」

「色柄が豊富だったんで、どうしようか悩みましたよ。四匹とも毛色が違うから見分けもつくので、逆にお揃いのパステルピンクにしました」

「それはナイス！」

ユン・ランたちの顔が青ざめるのを通り越して、全員がパイの地毛のように真っ白になりそうだった。矢吹や幸功に悪気がないのも、なんなら好意しかないのもわかるが、授乳タイムのあとにマナーおむつだ。ピンク地にフリルまでついたカバーを見せられたときには、さすがにフォンも含めて一斉に脱走を図ろうとした。

だが、抱える男たちの反応は尋常でなく素早い。脱走を考えたと同時に抱かれる両手に力が入れられ、あっけなく阻止される。

もはやユン・ランたちには、絶望の二文字しか浮かばなかった。

＊＊＊

ミルクを飲んでマナーおむつを穿《は》かされたユン・ランたちは、人生最大の屈辱に見舞われたのも束の間、午後には獣医の検診を受ける羽目になった。

先ほど矢吹が爆買いしてきた「保護動物専門のペットショップ&カフェ」の担当獣医が、気を利かせて顔を出したからだ。

「――え⁉ 先生、ポチたちって、犬じゃなくて狼なんですか？」

ユン・ランたちの正体はすぐに知られることとなった。

(((――‼)))

(え～っ！ バレるの早すぎ)

応接間で診察を受けたユン・ランたちは、目眩《めまい》を起こして倒れそうになる。

せっかく「こうなったら子犬で通してやれ」と腹をくくったばかりだったのに――。

特にユン・ランなど、出会い頭につけられてしまった「ポチ」という呼び名さえ、致し方なしと受け入れたのに、この仕打ちだ。感情の持って行き場を失うたびに、これも神のいたずらか？ 気まぐれか？ と恨めしく思えてくる。

ある意味、短期間で信仰心が深まったとも言える。

（どういたしますか、ユン・ラン様）

（様子を見るしかないですかね？）

（とりあえずフォンはおとなしくしておけ）

（……はい）

それでもここまでの恥辱、屈辱に比べたら、大したことではない。

気がつけばアイコンタクトで大体の意思表示ができるようになっていた。もともと獣姿では遠吠《とおぼ》えや鳴き声で意思の疎通もできるためか、「キャンキャン」「あん」「キュオ〜ン」などと鳴くことで、大概の会話が成立するようになっている。思いがけない異世界での成果だ。

ユン・ランたちは様子を窺うことに徹した。そうする以外に今は何もできないと言ったほうが正しい。

そんな中、ユン・ランは、幸功から目が離せずにいる。最初に嗅いだ匂いが気になるのだ。

「まだ小さいし、普通、犬だと思うよな。遺伝子を調べてみないと、亜種がはっきりわからないから、もしかしたらウルフドッグみたいなミックスなのかもしれない」

獣医が説明しながら、スマートフォンに四匹のカルテのメモをしていく。

彼は、功盛の幼なじみで家業も同じとあり、堅苦しい会話は一切なしだ。

それが幸功にも心地よい。

「狼にしろウルフドッグにしろ特定動物だ。飼育には各都道府県知事の許可がいる。そこまでして飼っている子を、それも繁殖させているんだとしたら、飼い主がわざと逃がしたり、捨てていくなんてのは考えにくい。警察に届けを出すつもりなら、一度調べてからにしたほうがいいかもな」

そうして獣医がスマートフォンの画面を閉じて、再び四匹に向き合った。

色違いのユン・ランたちを見ながら、時折フォンの頬を指でつついて楽しんでいる。

ちょっかいをかける相手は選んでいるのだろう。おむつ姿とはいえ、ユン・ラン、パイ、ホンの目は、赤子とは思えないほど据わっている。

「――ってことは、先生。やっぱりどこかの組が、この子たちを利用して、うちに何か仕掛けようとしている可能性があるってことですかね？」

矢吹が確認を取った。スマートフォンを取り出し、しっかりメモもしている。

「ここは一般家庭ではないからね。警戒して損はないと思うよ。何かの事情で飼い主が置き去りにせざるを得なかったとか、霧龍組とはまったく関係のない理由が出てきたなら、〝ああよかった〟で済むし」

「わかりました。この件は、のちほど組長たちにも、きっちり報告します」

「まあ、功盛が本気を出して調べれば、時間はかからないだろうし。俺のほうでも、ブリーダーの線から調べてみるから。あと、これ。この時期の育て方。参考になれば」

話が終わると、獣医のスマートフォンから矢吹のそれへ、メモが送信された。

「はい！　ありがとうございます」

「助かります！」

獣医の帰宅後、功盛たちが戻り、幸功と矢吹は聞いた話を説明する。

「それで、当面表に出さないで、敷地内だけで遊ばせとけってか」

「狼の子を⁉」

「はい。しばらくは子犬と同じ感覚で面倒を見ても、大丈夫ってことでした。まだ生後一ヶ月半程度ですし。あ、ただし、もう離乳食に慣れさせてもいいってことで、生後二ヶ月までには普通食を目指しましょうと」

「そ、そうか――」

これは氷熊や古門、功盛を驚愕《きょうがく》させた。

さすがに哺乳瓶は大げさだったのか――でも楽しかったなと口に出さずに思ったが、とにかく衝撃的だったのは狼であったことだろう。

最初に手にした子が担当だとばかりに各自膝に乗せて話をしているが、狼という実感が湧いてこない。

認識が変わるまでに少し時間がかかりそうだ。

(シバリアン・ハスキーだと黒柴っぽくて可愛いのかな――なんて思っていたけど。ウルフやウルフドッグってなると、一気にカッコいい感が増すな)

だが、功盛たちがそろって首を傾げる間も、幸功だけはスマートフォンを取り出し、ユン・ランと見比べてニヤニヤしていた。

(うん！　検索で出てくる画像も、めちゃくちゃカッコいい子ばかりだ！)

夢や赤ちゃん姿を見て想像に拍車がかかっていたポチの成獣姿とは、だいぶ違う姿になりそうだが、これはこれで楽しみになってきたのだろう。

検索をかけて出てきた狼の画像は、どれもこれもカッコいい。

亜種も多いが、精悍《せいかん》だったり神秘的だったりで、とても魅力的だったのだ。

「しかし。こうなると早いうちに、出元をハッキリさせないとな。狼ってことは、もしかしたら野生に返す必要があるのかもしれないし」

(え？)

とはいえ、功盛がため息交じりに発した言葉は、幸功から瞬時に笑顔を奪った。

「――ですよね。もしかしたら播磨組《はりまぐみ》の企みかもしれねぇし。奴らはしょっちゅう斜め上というか、すっとぼけた嫌がらせばっかりしてきますしね」

「この子たちをダシに親狼を突入させてくるとか？　奴らのことを考えていると、私まで変な思考になってくる」

「さすがに、こんな都会の真ん中で、考えたくねぇカチコミだけどな」

そんな馬鹿な――とは思いつつ。幸功は、ユン・ランたちを野生に返すくらいなら、氷熊や古門の刺客説のほうを押したくなった。

ユン・ランたちがブリーダー生まれならば、当家で引き取れる余地があるように思えたからだ。

「しかし、組長。ここは先生が言うように、用心に用心ですよ。それに、普通に飼い主が見つかれば、ああよかったで済むことですから」

「――だな」

それでも、何らかの事情でユン・ランたちを失い、今も、必死に行方を探している飼い主が現れたら、返すしかないだろう――とは、幸功も思った。

それはこの四匹が犬であっても、それ以外の動物であっても同じことだ。

でもそんな普通の結末にはならない気がする。

そもそも不思議な現れ方をした。

何か特別な事情を勘ぐりたくなるような状況の中で、見つけた子たちなのだから――。

5　それぞれの胸騒ぎ

前触れもなく現れた四匹の子狼のことは、ひとまず功盛や獣医が出どころを調べることになった。ただし、どこの誰が、どんなつてを使って調べようとも、異世界から井戸を通ってやってきたとは突き止められまい。

初めて人間に遭遇したユン・ランたちにとって、幸功たちが取る行動には衝撃を受けるものも多く、理解不能なことが続いた。

「坊ちゃん。子狼たちの部屋の用意ができました。個々のケージはのちほど準備しますので、まずはあちらへ」

「ありがとう。矢吹。さ、行こうポチ。赤茶に白、黒もね」

功盛たちの話し合いが終わると、四匹は八畳間へ運ばれた。

空調管理がされた一室には、矢吹たちの手によりペットフェンスが設置されている。

部屋の半分をフェンスで仕切った仕様で、子狼たちにはゆったり広々だ。

中には各子狼の毛色に合わせたパステルグレー、ピンク、オフホワイト、ダークグレーの四つのドーナツ型クッションが置かれて、トイレはコーナー分けされている。

(((トイレを置くなら、おむつを外せよ!!)))

誰からともなく声に出そうになったが、ここはぐっと我慢する。

子犬が子狼だとわかっただけでも、功盛たちの顔色が変わった。この上、言葉を話し始めたら、彼らがどういう行動に出るのか、さっぱり読めない。それに、自分たちでおむつを脱がし合うのは、さすがに躊躇われる。

(獣の赤子扱いってこういうことですよね)

ユン・ランたちは、それぞれがマイカラーのクッションに下ろされた。

矢吹たちは幸功だけを残して立ち去った。一通り見回すも、この部屋に姿見がないのが唯一の救いだ。

それでもクッションのくぼみにちょこんと置かれた仲間を見ると、嫌でも自分の姿が想像される。これが本当の赤子なら「可愛い」の一言で済ませられるのに、そうではないから苦笑を誘う。

(すまなかった、パイ。ホン、フォン。私の考えが足りなかった)

ユン・ランはいろんな意味を込めて、頭を下げた。

彼の耳と尻尾は、ここへ来てからすっかり垂れっぱなしだ。

(そんな！　謝らないでください、ユン・ラン様。まさかこんな姿にされるなんて、誰も想像しませんよ！　僕は、異世界へ着いたら颯爽《さつそう》と森の中を駆け抜けて、運命のお子を探すものだと思ってましたし)

いの一番にユン・ランのあとを追ったフォンが主張した。

すると、ユン・ランだけでなくパイとホンもポッと頬を赤らめる。そろってフォンと同じことを考えていたのだろう。これればかりは異世界の情報がほぼなかったのだから、仕方がない。

（――だよな。しいて言うなら、丁重に扱われているだけ、運がいい。この姿で砲弾が降る戦場へ放り出されていた可能性もあったわけだし）

それでもホンは、いいこと探しがしたかったのだろう。

極端に最悪なたとえを出すことで、今の境遇に置かれた自分たちを慰めた。

（ところでこの囲いは、我々で言うところのベビー用ですよね？）

パイの視線の先には、なぜかサークルの中に入って膝を抱えて座り、背中を向けている幸功がいた。

（人間界では、赤子と一緒に、大人も入るってことなんでしょうか？）

（そこは、その世界それぞれってことでは？　私たちの世界だって、種族が変われば、常識や価値観が変わる。それこそ運命の子と呪われた子のように）

（確かにそうですね）

幸功は知らぬところで勘違いを生んでいたことにも気づかず、ため息をつく。

「はぁ～あ。狼の子――か。やっと現実でポチに会ったと思ったのに」

ちらりと振り返り、ユン・ランたちを見た。

目が合うと、身体を反転させて、這《は》うように側へ寄る。

そうしてクッションの前に正座をすると、両手を伸ばしてユン・ランを抱き上げた。

パイたちは、なんとなく見ないように顔を背けるが、耳だけはピンと立てている。

「俺、小さい頃からずっとポチのこと夢に見てきたんだよ。あまりに何度も見るから、ポチって名前をつけて。ケモ耳男性に変化したときは、自分でも笑っちゃったけど。きっといつか出会えるんだろうな〜とか。一緒に生活することになるんだろうなって思ってて。それなのに、飼い主さんが出てきたら、または野生に返すべき子だったら……。お別れなんだよな」

漏らした幸功の言葉で、一つ疑問が解消された。

どうして初めて出会ったはずのユン・ランが「ポチ」なのか。

(夢を見てきた?)

ユン・ランはハッとした。

幸功は、抱き上げたユン・ランの頭を撫でながら、尚もぼやく。

「ううん。ポチが普通のわんこじゃなかったから、夢に出てきたのかもしれない。ここでポチに出会ったのだって、俺がこの手で帰るべきところを探してあげるとか、それまできっちりお世話をするとかって運命を担っていたのかもしれないしね」

（運命を担う？）

幸功は何でもないことのように呟いていたが、ユン・ランにとっては意味がありすぎる言葉が続いた。

聞き耳を立てているパイたちも、引っかかったようだ。

「とにかく、まずはお風呂かな。ミルクだけでなく、お粥《かゆ》やカリカリ？　そういうのにも慣らしていかないと」

しかし、幸功が何度ため息をついたところで、ユン・ランたちが子狼なのは変わらない。

幸功は、気持ちを立て直すように背筋を伸ばした。

わざと忙しくするようにやるべきことを口にしていく。

（やった！　ミルク以外のご飯！）

これを聞いたフォンは、真っ先に立ち上がる。

身体のせいか、もとからなのか、本能に敵わないようだ。

「あれ？　ミルクに反応したね。もうお腹が空いたのかな」

手中にいたユン・ランよりも早く反応したフォンは、双眸《そうぼう》を輝かせて尻尾を力強く振っている。これには幸功も自然と笑みがこぼれる。

ユン・ランを片手に抱くと、はしゃぐフォンに手を伸ばして、まずは一緒に。

続けてパイ、ホンと抱き上げて、四匹を両手で抱え込んでバランスを取る。

「でも、その前に一度綺麗《きれい》に洗おうね。先生が蚤《のみ》はついてないよって言ってくれたけど、庭に転がってたから、ちょっと埃っぽくなってるしね」

そう言って幸功は、子狼たちを抱えて膝ほどの高さのフェンスを跨《また》いだ。

そのまま脱衣所兼洗面所へ向かい、途中で手が空いていそうな若い衆たちに声をかけて、一緒に来てもらう。

「それじゃあ、二人一組でよろしくね！」

「かしこまりました！」

「任せてください。坊ちゃん」

広い洗面所のシンクに洗面器を置いて湯を張り、手分けをして四匹を洗っていく。

おむつやカバーを穿かされたのも屈辱的だったが、脱がされる比ではないと知る。

（っっっ）

ユン・ランは咄嗟に後ろ脚に力を入れて閉じたが、終始笑顔の幸功に外される。適温の湯にそうっと入れられ、身体がじんわり温まる。

そこへ矢吹が抜け目なく購入していた犬用ベビーシャンプーのクリーミーな泡で、なでなで、わしゃわしゃ洗われたら、心身から降参してしまう。

思えば孔を通る前から国内を走り回り、疲れがたまっていた。

行動を共にしていたパイたちも同じだろう。

（ホン大尉〜っ。パイ少佐〜っ。結局僕たちは、わんこ扱いされてませんか？）

（狼の子だとわかっても、こうだからな）

（私たちの目的は、こちらの世界で運命のお子を探し出すことだ。ずっとここにいるわけでもなし。ひとまず世話になるとしても、この世界で必要な情報収集を終えるまでのこと。ねぇ、ユン・ラン様）

幸功たちには「くぉ〜ん」「くぉ〜ん」と鳴いているようにしか聞こえないだろうが、本人たちは血行もよくなり気持ちがよさそうだ。無駄な抵抗をしたところで、自尊心が削られるだけなら、上げ膳据え膳のついでに湯浴みも受け入れる。今のうちに体力を回復、温存に徹するのも悪いことではないと開き直ったのだろう。

（そうだな。ホンの話ではないが、戦場に放り出されることを考えれば、ここへ着いたのは幸運だ。まずは人間界に慣れよう。そして、目的を果たすために必要な情報を収集し、行動していこう）

やるべきことは明白だ。それはパイたちも十分わかっている。

湯から出されて、ふかふかのタオルで身体を拭かれつつ、そろって「承知しました」と言うように「きゅおお〜ん」と鳴く。

しかも、一通り水気を拭かれたあとにはドライヤーで乾かされて、柔らかいシリコン製のブラシで全身を撫でられる。マッサージ効果も得られるのか、ユン・ランたちもこの心地よさには為されるがままだ。自然と眠気が起こり、ウトウトしている合間に、再びおむつとカバーをつけられてしまう。

不覚だった。が、もはや彼らにとってはささいなことだ。何をされても、戦場に放り出されたよりはマシ。目的が果たせれば万事ＯＫ。

目的の再認識と共に、ホンの戦場のたとえ話が効いている。

「うわっ。ふわふわで艶々。洗って乾かしたら、いっそう綺麗で可愛くなったね。ポチも赤茶、白、黒も」

「本当。可愛いっすね～っ。やっぱ、あっしには柴にしか見えませんが」

「まあ、狼って言われたら一瞬ビビるけど。結局は、食肉目イヌ科イヌ属の、つまりはわんこだもんな」

こうしてお風呂を終えると、ユン・ランたちはペットフェンスのある部屋へ運ばれた。各自がマイクッションへ下ろされる。

「そうしたら俺は、これから離乳食作りをするから、ちょっとこの子たちを見てて」

幸功が言った言葉に反応したフォンの耳がピクンと立つ。

ユン・ランたちも同じだ。

「――え⁉　それはあっしらがやりますよ！」

すると、今までニコニコしていた若い衆たちの顔が急に引きつった。

「そうですよ。坊ちゃんはこの子たちを見ていてください！　いっそ今夜だけでなく、これからずっと、この子たち最優先で！　家事は全部俺たちでまかなえますから」

「そう？」

「そうですとも！」

この様子に、パイやホンは「そりゃ、家の坊ちゃんにこれ以上はさせられないですよね」「我々がユン・ラン様をキッチンに立たせるなんてと思うのと、一緒だからな」と理解し、フォンは「でも、坊ちゃんなら、材料も使いたい放題で、ご馳走を作ってくれそう」とウキウキだ。

ユン・ランに至っては、特に何も言わなかったが、ちょっと尻尾の先を揺らしていた。多少でも固形物が食べたくなるのも性なのだろう。ミルクは栄養にはなるが、腹にはたまらない。

「うん。わかった！　そうしたら、明日からそうするね。けど、今夜は俺が作ってあげたいんだ。我が家で最初の手作りご飯だしね！」

「――‼」

結局、両手に握りこぶしを作って張りきる様子を見せた幸功が、笑顔で押しきった。これ以上は止める手立てのない若い衆に手を振り、足早に消えていく。

残された者たちは、無言で子狼たちをチラリと見てから、膝から崩れる。なぜか全員そろって正座し、がっくりと肩を落とす様はまるでお通夜だ。

そうして十分もしただろうか？　若い衆たちが鼻をヒクッとさせた。

「――兄貴。なんか、今朝より強烈な匂いがしませんか？」

「まさか例の粉末をポチたちの離乳食にまで使ってませんよね？」

「矢吹さんが止めてくれてますよね？」

ここからキッチンまでは、大広間を含めた三部屋を挟んでいる。それにもかかわらず、やばいとわかる匂いがしてきて、大の男たちが全身を震わせていた。

「多分、使ってる。矢吹さんでも止めるのは無理だろう」

「耐性のないポチたちじゃ、ショック死しますよ。坊ちゃんが悲しむことになります」

――さすがにこれはどうにかしなければ‼

若い衆は罪もない子狼たちに視線を向けた。

しかし、すでに匂いを嗅ぎつけているフォンたちは、クンクンと鼻を鳴らしている。

（すごいいい匂いがしますよ。それも祭事のときに食べる神饌《しんせん》、ご馳走の匂いです！　こちらの世界にも似たような食材があるんでしょうか？）

（ん？　本当だ！　こいつは薬膳食。あれに使用される稀少《きしょう》ハーブの匂いそっくりだ）

（ユン・ラン様。これは、フォンがはしゃぐのもわかりますね。匂いだけでなく、今の我々に必要な滋養強壮などの効能も同じだといいのですが）

パイやホンも匂いを嗅ぎつけ、尻尾をパタパタしている。

(そうだな。確かに薬膳食の匂いだ。パイが言うように、この世界にも同じ効能を持つ薬草が生えているのだとしたら、運命の子を探すにしても心強い)

どうやらユン・ランたちの世界では、原材料不明の漢方粉末が貴重なご馳走と同じ匂いなようだ。

(本当に。それにしても、運命の子か。いっそ幸功さんだったらいいのにな)

ふと、ユン・ランの言葉を受けてフォンが呟いた。

(――何?)

突然、幸功の名前が出てきたことに、ユン・ランが驚く。

(先ほど幸功さんが言っていた夢の話が気になったもので)

だが、フォンが気にするくらいなら、パイやホンとて同じこと。四天狼には、シン・ランが夢で運命の子を見ることを伝えていたのだ。

ユン・ランが覚えた甘い匂いが彼らには感知できないとしても、幸功が向けてくる眼差しや好意が、他の人間とは明らかに違うことも一目でわかる。それこそ運命で結ばれていると言われても、違和感を覚えないくらいに――だ。

(神の告げの通り運命のお子が狼国で生まれ、現在こちらにいるんだとしたら、我々と同じ経路を通ったってことですよね？　だとしたら、この家に関係しているのか、もしくは過去に関係したことがあるのか。まずは、この家から手がかりを探してもよいのでは？）

ここでフォンが、目先の捜査目標を提案した。

（確かに。そう言われると一理あるな）

（ユン・ラン様。私もフォンの意見に賛成です。闇雲に動くよりは――）

（そうだな。ここにその可能性を持つ者がいるのかどうか。まずはそれを調べながら、この世界のことを知っていくのもよいな）

ホンとパイも賛同し、ユン・ランもまずはそれでいこうと同意した。

（決まりですね。なら、まずはお腹を満たさないと！）

フォンは、自分の意見が通ったことに気をよくした。クッションのくぼみから出ると、食事が待ちきれないとばかりに、フェンス内をウロウロし始める。

（そのためにも、祭事食のようなご馳走の前には、感謝と祈願の舞を踊らなければ！）

そして、トイレとクッションの間に立つと、リズムを取って跳ね回り始める。

身体が赤子なので、踊りといってもこれが精一杯だ。

（それもそうだ。普段は不信心でも、異世界へ来ても食に恵まれていることへの感謝、そして無事に運命の子を連れ帰れるようにとの祈願は怠れないもんな）

こうした祭事は幼少のときから身につけたもので、信仰とは別の習慣だ。

祭りでは神輿《みこし》を担いで、クリスマスにはチキンやケーキを食べるのと変わらない。

（では、ユン・ラン様。我々も）

（うむ）

ユン・ランたちもフォンに賛同すると、四匹で輪になって踊り始めた。

ただし、本来ならば剣を持ち、ユン・ランと四天狼の五人で奉納する全国民絶賛、歓喜の声が上がる祭事での演舞だが、この場にあるのは気分と感謝だけだ。

剣もなければ、それをかざす身体もない。どんなに本人たちが心を込めて踊っていても、本気であればあるだけ、人間の目には奇妙な行動にしか映らない。

「……おい。子狼たちの様子が変だぞ。匂いに反応して、ウロウロし始めたと思ったら、いきなり跳ねるようにして回り始めた。どうしたらいいんだ？」

ただでさえ震えていた若い衆は、突然おかしな行動を始めた子狼たちに驚愕した。

「嗅覚のいいわんこたちに、あの強烈な匂いがわからないわけないよな。まさか匂いだけで薬中的な⁉」

「危険を察[illegible]してウロウロしているだけと信じたいが。けど、世の中には酒の匂いだけで酔っ[illegible]るし、あの子らが坊ちゃんの飯を食べたら、どうなるかわからないもん[illegible]とに獣医先生に連絡しておくか」

匂いの元が怪しげな漢方薬だとわかっていたために、怖い想像をしてしまう。

「いや。さすがにこの匂いは避けるだろう。生後一ヶ月半でも、本能的に危機回避し、食べないはずだ。俺たちが坊ちゃんの飯を食うのは無償の愛からだが、拾ったばかりのわんこに、それはない」

ただ、彼らには立場上、子狼の健康被害を防ぎつつ、幸功の気持ちも守るという使命感があった。そのため、ちょっとせこいが、ここは子狼たちの持って生まれているはずの危機回避本能に任せようという提案がされる。

「そうしたら、一緒にミルクを出そう。これなら手作り飯を食べなくても、まだ赤ちゃんですしね〜で、坊ちゃんも納得するはずだ」

「うん！　残念がるかもしれないが、赤ちゃんだもんな。赤ちゃん！」

それでも彼らの手により、逃げる道は用意された。

それにもかかわらず、

「――え？　食うんかい!?」

「嫌がるどころか、頭を突っ込んでガツガツ食べてますけど」

子狼たちは、一緒に出されたミルクの皿には見向きもしなかった。

さらには謎な漢方粥をおかわりまでしたユン・ランたちを目の当たりにすると、若い衆だけでなく、これを不安げに見ていた功盛や氷熊、古門や矢吹まで困惑することになる。

（ユン・ラン様、美味しいです！　祭事の食事と同じ味です。しかも、このちょぴっと入ったお肉のブルーレアは宮廷シェフも絶賛のレベルですよ！）

（うむ。よかったな、フォン）

（五臓六腑《ごぞうろっぷ》に染み渡るとはまさに——）

（これに噛《か》み応《ごた》えのある塊肉が入っていたら。いや、これ以上のわがままは言うまい）

ユン・ランたちは、体型的にぽっこりしているお腹をさらにぽっこりさせると、空になった食器に頭を下げつつ、満足そうに寛いだ。

「うわっ。そんなに美味しかったんだ。やった〜！」

当然これには、幸功が万歳三唱する。

無償の愛だけで食べていた者たちは、愕然とするしかない。

「あ、兄ちゃんたちみんなのぶんも、ちゃんとあるからね！　大丈夫。ポチたちのお腹に合わせて作ったお粥なんだから、人間の大人にはそうとう優しいよ。さ、夕飯にしよう」

「「「——」」」

だが、功盛たちや若い衆たちは、ショックを受けた挙げ句に、今朝の地獄を再び見る羽目になる。

（あいつらは、どうしてこの味と匂いでがっつけるんだ？　今朝のセンブリ飯を煮詰めたところへ、苦玉か整腸剤をぶち込んだような表現不能なレベルだぞ。矢吹、お前作るところを見ていたんだよな？　止められなかったのか？　せめて粉末の分量を減らすとか）

（すみません、組長。無理でした。これでも私が配膳前に、坊ちゃんの目を盗んで再加熱をしたので、鶏挽肉《とりひきにく》には火が通ってるんです。あの子たちにあげていたのは、後入れフレッシュとか言って、限りなく生でしたから。皆さんの体調を守るだけで精一杯で……）

しかも、あまりに危機感が強かったためか、それとも食事中も湧き起こる感情が抑えきれなかったためか、目配せだけで意思の疎通が図れるようになっていた。

（古門よ。狼って野生のイメージしかねぇのに、嗅覚がねぇのか？）

（どうでしょう？　あの子たちの好みが特別なのかもしれないですし。それより、気をよくした坊ちゃんが、今後もこの漢方料理を極めていく姿がちらついて、怖いです）

（この手の料理は、全部子狼たちの成長のためにってことで、俺らは逃れられねぇかな？）

（経験からすると、絶望的かと。そもそも我々の健康を考えて、漢方を取り入れようとされているわけですから）

（そっか。ん？　ところで古門よ。俺たち声に出してねぇのに通じてねぇか？）

（はっ！　確かに‼　これってカジノでイカサマし放題なんじゃ？）

それでも、これは便利だと気づいてはしゃぐが、目と目で通じ合えるのは、幸功の飯を前に極限の状態に置かれたときだけのようで――。

「駄目か」

「ちっ。悪いことには使えないみたいですね」

食後に氷熊や古門が見つめ合って試してみたが、いつもどおりの目配せ程度にしか通じ合えなかった。顧問弁護士である古門の黒さが、際立つだけだった。

＊＊＊

思いがけないご馳走に大満足したユン・ランたちは、その日はそのまま寝てしまった。

幸功は、寝床代わりにもなるドーナックッションへの移動中に起きてしまうか、数時間で目が覚めるかとも考えたが、四匹は見事なくらい爆睡している。

（いきなり知らないところへ置き去りにされて、疲れちゃったんだろうな。お風呂は明日にすればよかったかも――）

幸功が寝支度を整えながら反省をしている間に、時刻は二十三時を回っている。

「ありがとう、矢吹」

「どういたしまして。何かあれば、一声で駆けつけますので」

「うん。それじゃあ、おやすみなさい」

幸功はお風呂を済ませている間に、矢吹にペットフェンスを設置した横に布団を敷いてもらっていた。

四匹のことが心配だったのもあるが、寝姿を近くで見ていたかったのだ。

そのため、フェンスの隙間に目線を合わせて、枕の位置を決めたくらいだ。

そうして自室からスマートフォンとハスキーのぬいぐるみだけを持ってきて、枕元へ置く。そして、続き部屋との仕切りとなっている襖《ふすま》や、縁側に続く雪見障子をしっかり閉めて、布団へ入る前に子狼たちの寝顔を覗き込む。

すると、枕元に置いていたスマートフォンが震えた。

(──メール？　そう言えば、今日は全然チェックしてなかったっけ)

幸功は布団の中に足を伸ばす形で座り込み、スマートフォンを手に取った。

会話型のメールアプリを開き、着信したての文面を目にして、ため息を漏らす。

「……信《しん》。だから、クリスマスに本命がどうとかじゃなくて。そもそも合コンみたいなものは苦手だし、興味もない。俺は行かないよって普段から断ってるのにな～」

ごめん──と返事を打ちながら、何の気なしに声が出た。

すると、クッションで寝ていたユン・ランがピクリと耳を動かした。スマートフォンがまた震える。

「あ……」

今度は電話だった。幸功の返事に納得ができなかったのだろう、画面には大学の友人である〝信〟の名が表示されている。既読と同時にかかってきたので無視はできない。

「はい。もしもし」

幸功は声を落としながら子狼たちを見た。

声に反応したかに見えたユン・ランも、他の子たちも、目を覚ます様子はない。

特にフォンは、ドーナツ型クッションの中で仰向けになって爆睡していた。いびきまでかいている。フォンはペットを飼ったことのない幸功でも、一番わかりやすい性格だ。とにかく元気で食欲旺盛、物怖じもせずに大らかだ。

幸功は、フォンの寝相に笑みを浮かべてから、ペットフェンスに背を向けた。

「――うん。誘ってもらったのは嬉しいんだけど、俺は合コンだからパスってだけじゃなく、夜に出かけるのが苦手なんだよ。大勢でも、少人数でも」

そうして極力小声で話を続ける。

背後では再びユン・ランが耳をピンと立てていたが、幸功には気づきようもない。

「それに、この冬休みは家でやることが増えたから単純に忙しい。家事の手伝いもそうだけど、しばらく子犬を預かることになったから、その世話もあって。――うん。すごく可愛い子たちだよ。それも一匹じゃないんだ。うん――だから、余計に忙しくて。ごめん」

幸功は、ユン・ランたちのことも話に交えながら、信からの誘いを断り続けた。

彼は今年に入ってから親しくなった友人で、何かと面倒見のいい青年だ。

コンパや合コンといった集まりなどでは必ず幹事に名乗りを挙げ、またそうした姿は周囲からも好感を持たれて、よく頼られている。常に人の輪の中心にいて、幸功からすれば本当にすごいなと思う。

ただ、こうした敬意や好感があるからこそ、熱心に誘われても断っているのだが——。

その理由を詳しく説明するには、実家の家業を明かさなければならない。

しかし、大学では誰にも話すつもりがないので、相手にすんなり納得してもらうのは難しい。

「信が気を遣ってくれてるのは、わかるんだ。すごく感謝してる。ただ、俺は構内でよくしてもらうだけでも、十分だし。とにかく学生のうちは勉強に専念っていう約束で、通わせてもらっているから」

いつしか幸功は、枕元に置いていたハスキーのぬいぐるみを手にして、膝の上で抱え込んでいた。これは昔からの癖で、やり場のないジレンマをどうにかしたいときに、自然とこうしている。

「——うん。そうだね。社会人になったら、思いきり羽目を外すよ。え？　もちろん、メールはいつでも平気だよ。それじゃあ、また——。合コン楽しんできてね」

そうして今夜も、どうにか理解をしてもらった。

通話を切ったところで「ふぅっ」と、ため息が漏れる。

「まいったな。でも、友人知人が増えれば増えただけ、こういう事態が増える。そんなことは覚悟の上だ。何せ、家は江戸時代末期から続く、極道一家なんだから。ね」

幸功は、スマートフォンを枕元に置くと、ハスキーのぬいぐるみ相手に愚痴をこぼした。苦笑交じりで俯いて、ハスキーの額に頰を寄せる。

するると、背後からカタンと音がした。

「?」

振り返ると、寝ていたはずのユン・ランが起きて、クッションのくぼみから身を乗り出していた。右の前脚でフェンスを叩いて、尻尾を左右に振っている。

まるで「抱っこするなら僕でしょう」「話をするのも僕でしょう」と言っているよう。

そう見えるのは、当然都合のよい妄想だ。おそらく電話の声で起きてしまい、「かまってかまって」状態になっていると考えるのが正しい。

「ポチ」

幸功は、ユン・ランと目が合うと、ハスキーのぬいぐるみを枕元へ戻した。立ち上がると、じっと見てくるユン・ランを抱き上げて、天井の照明を暗めにしてから布団へ戻る。

そうして、ユン・ランを胸にのせて横になり、幸功は話し始める。

「そう。うちは老舗の関東極道で、霧龍組っていうヤクザ一家なんだよ。俺は、それがどういうことなのか中学の頃まで、よくわかっていなかった。校内の悪い連中に家のことを知られて、みんなにバラすぞって脅されて……。俺が、どうしようって暗くなっていたのを、兄ちゃんが気がついて。で、相手が急に絡んでこなくなったなと思ったときには、連中は学校から消えていた。いや、連中の一家がまるごと町から消えていたんだ」

こんな昔話を子狼にしたところで、どうなるわけではない。

それは幸功もわかっている。

「兄ちゃんが言うには、相手の両親と話をつけただけってことだけど、それがどんな内容だったのかわからなくて。矢吹に聞いたら、子供の喧嘩《けんか》に極道が入るなんて野暮なことはしないって。相手の親に保護者として筋を通しただけでしょうって、言ってたし。あとから、その連中からお詫《わ》び状みたいな手紙も届いたから、とりあえずどっかで元気に暮らしているのだけはわかって、ホッとしたんだけど」

今夜は誰かに話をしたかった。

それが物言わぬぬいぐるみ相手でもよかった。普通の大学生なら当たり前な誘いを断ったことに対して湧き上がる様々な感情。それを声に出して吐き出すことで、自分の中から一掃してしまいたかったからだ。

「でも、こんなのは序の口で――。高校のときには、うちの組と敵対していた組の下っ端が、俺と間違えて、一緒にいたクラスメートを攫《さら》おうとしてさ。ちょうど矢吹が迎えにきていたから、その場で助け出せたし、その友達が極真空手の有段者で、正当防衛上等って奴だったから、事なきを得たけど。そこで俺の人生の運の半分以上は使いきったと思うんだ。本当に友達が無事でよかったから」

しかし、今夜はものは言わないが、瑠璃色の瞳を輝かせたユン・ランが聞いてくれている。いつもなら自分の体温で温まるぬいぐるみなのに、ユン・ランは幸功より高い体温で、その存在感で、冷えた心を温めてくれる。

掌や胸から伝わる小さな鼓動さえも、幸功にとってはかけがえのないエールだ。

「ただ、こんな物騒なことが、俺の周りでは真昼間でも起こるんだ。ましてや夜なんて、怖くて歩けないだろう。俺に何かあったら矢吹たちが責任を感じるし、友達と一緒にいて彼らに何かあったら謝って済まされることじゃない。みんなが不幸になるだけだ」

幸功は、抱き上げた小さな身体から、よもやこんなに大きなぬくもりが得られるとは思っていなかった。時折「うんうん」と相づちを打っているようにも見える、タイミングのよいだけの仕草にも、心から喜びを覚え、高揚を覚える。

「それでも俺は勉強がしたかった。兄ちゃんたちや会社の役に立ちたかったから、大学で建築を学ぶことを決めた。別に、高卒で勤めるのでも、家事手伝いでもいいだろう――と言ってくれるけど。それは、やれるだけやって駄目なときでいいって、思うからさ」

幸功は、いつの間にか、はにかむような笑みを浮かべて話をしていた。

通話を切ったときの気分とは、天と地ほどの違いがある。

だが、それは面白くもない話を黙って聞いてくれた、ユン・ランのおかげだ。

「なんて――、いっぱい愚痴っちゃったね。ごめんね」

幸功は謝罪をすると共に、ユン・ランの頭と背中を撫でた。

するとと、耳がピクンと立つ。幸功はそんなユン・ランの脇を両手で支える。

「家でも外でも恵まれていたら、それはそれでいい。けど、俺はどちらか片方だけでも、十分幸せだと思う。みんなが俺を可愛がって育ててくれた。それに、仲間とか友達がいないわけじゃない。ただ、同じ世界にしかいないだけで。外では怖くて作れないだけで——。それに、こうしてポチも。ううん、ポチたちも来てくれたしね」

つぶらな瞳の子狼を顔まで引き寄せると、幸功はふわふわした小さな額にキスをした。

「——ポチ。大好き。一緒にいられるのは、今だけかもしれないけど」

野良や捨て犬であれば、こんなに寂しい気持ちにはならない。

それが子狼であっても、自分が引き取って家族として過ごせるなら、別れを想像して、切なくなることもないだろう。

幸功は、自分でも不思議なくらい感情を揺さぶられていた。

すると、

「そんなことはない。私はそなたの側にいる」

(——ん?)

初めて耳にする甘い囁《ささや》きに、幸功は両目を見開いた。

なんとなく胸の上に抱いた子狼の体が徐々に大きくなっているような気がする。しかも、目の前にある顔も、次第に人間ぽく見えてきて――。

（え？　ん⁉　ポチがしゃべった？　幻聴？　幻覚？　あ、夢⁉　だって、ポチがイケメン男性に――。いつも夢に出てくるケモ耳男性のような気がする！）

照明を絞っているので、はっきりと見えているわけではない。

だが、薄暗さに目が慣れてきているのは確かだし、自身で感じている彼の重さまで含めたら、錯覚だと決めつけるのは難しい。

（いや、今日は朝から張りきったし、きっと俺は寝落ちしたんだ。現実のように感じても、これは夢だってことがわかる明晰夢《めいせきむ》というものもあるわけだし。それだと、願望のまま夢をコントロールすることも可能らしい――なんて研究があることも、前に聞いたことがあるから）

幸功は、さすがにこれは夢だろうと思うことにした。

「本当？」

「ああ。本当だ」

するると、胸に抱いたはずの子狼と話せることも、ケモ耳の男性に見えてきたことも、純粋に嬉しくなってきた。

〝ポチがお話しできたらいいのにな〟

〝ポチが人間だったらいいのにな〟

なぜなら、これは幼少時からの幸功の願望だ。これまで見てきた夢を、自分の思うがままに演出できるようになったのだと思えば、浮かれないわけがない。

夢だけに都合もいい。幸功はこの瞬間に一番ほしかった言葉がもらえて、にっこり笑った。

(――嬉しい！　ずっと側にいてくれるんだ。ポチ！)

端整な面差しを彩る瑠璃色の双眸には、そんな幸功の顔が映っている。

すると、ケモ耳男性は、少し頬を赤らめて、ゆっくりと手を伸ばしてきた。

優しく微笑み、幸功の頬と髪を、そっと撫でてくれる。

(なんか、くすぐったい。普通は飼い犬が擬人化したら、驚愕するか恐怖するかだろうに。どうして俺は、喜んで、しかもうっとりしちゃってるんだろう)

彼の瞳に映る幸功の眼差しは、まるで恋をする乙女のようだった。

実際は恋をしたこともないのに、他にたとえが浮かばない。それほど喜びに満ちている。

(どう考えても、俺がおかしい。でも、ずっと夢に出てきたポチが、ケモ耳イケメンが、こんなふうに自分を癒やしてくれたら、俺でなくてもきっと惚《ほ》れちゃうよね。可愛い可愛いってチューできたのはポチが小さかったからで。さすがに大人なイケメン様になると、照れるけど……)

幸功は幾度か頬や髪を撫でられると、彼の顔が次第に近くなってくることに胸が高鳴っ

た。子狼が顔を寄せてきたなら、同じドキドキするでも、意味が違うだろうに――。

「幸功」

(――)

それでも、こうして名前を呼ばれると、胸がキュンとする。

少し恥ずかしそうにピクンと揺れた耳を目にすると、愛おしさばかりが湧き起こる。

(ポチ――大好き)

照れくさく思いながら、幸功は瞼を閉じた。

最初、出会ったばかりのユン・ランに顔を背けられてしまったのもあり、こうして彼のほうから甘えて、スキンシップを図ってくれることが嬉しかったからだ。

しかし、そんなユン・ランが急に身を翻したのは、今にも唇が触れそうになった瞬間で。

「――え⁉」

幸功は、突然胸元を押された気がして、瞼を開いた。

「いない？　ポチ、どこ？」

慌てて上体を起こして周りを見る。するとユン・ランは、元の子狼に戻っていた。

それもなぜか身体を丸くし、自分の尻尾に噛みついている。

「え？　どうして？　いや、やっぱり今のは夢――。ってか、ポチ。そんなに噛んだら駄目だよ。痛いでしょう？　それとも尻尾が痒《かゆ》いの？」

幸功は、さすがにこれは夢ではないと思った。だが、どうして尻尾を噛んでいるのだろう。

「え？　どうして唸《うな》るの、ポチ」

「う〜っ」

枕元に置いていたスマートフォンを手にして、検索をかける。

狼ではなく犬の行動として調べてみたが、出てきた記事に目を見開く。

「――ストレス？　一日あれこれお世話しちゃったのも、俺がベタベタしたのも、ポチにとっては不愉快だったってこと？　ご飯は美味しく食べてくれたけど――。せっかく眠って一日のストレスがリセットされるところだったのに。俺が起こした挙げ句に、愚痴を聞かせて、撫で回したから――」

犬が自分の尻尾を噛むのは、遊びかストレス解消の二択だ。

しかし、この状況から見て、遊びは論外だろう。

幸功は猛省すると同時に、スマートフォンを手から離した。

「ごめんね、ポチ。いくら夢に出てきたポチとそっくりだったからって。そもそもライトグレーでしか見てこなかったんだから、もしかしたら、毛の色が違う別の子だったかもしれないのに。勝手に浮かれて、はしゃぎまくって。心から反省するから、尻尾は噛まないで。血が出たら、どうするの？　ね、放して」

するとユン・ランは、幸功が声をかけるうちに唸るのをやめ、尻尾を噛むのもやめた。

幸功は、今のうちにとばかりに抱き上げて、フェンス内のクッションへ戻す。

「俺、もっと距離感を勉強するから。自分が好きだからってベタベタして、ポチのストレスにならないようにするから。ね、ポチ」

そうして、改めてフェンス越しに謝罪をすると、幸功はすごすごと布団へ戻った。

なんとなく寂しく思って、ハスキーのぬいぐるみをため息交じりに抱え込み、瞼を閉じる。

だが、この様子を見ていたユン・ランは、再び身体を丸めると尻尾へ噛みついた。

(最悪だ――)

その瑠璃色の瞳には、自分の代わりに幸功に抱かれるハスキーのぬいぐるみが、くっきりと映し出されていた。

6　ユン・ランの最悪

やり場のない感情を処理できず、気がつけばユン・ランは自身の尾を嚙んでいた。

〝――ポチ。大好き。一緒にいられるのは、今だけかもしれないけど〟

〝そんなことはない。私はお前の側にいる〟

あまりに寂しそうに言われて、また離れがたい気持ちが痛いほど伝わってきて、思わず口にした。が、自分の声を耳にして、すぐにハッとした。

今の姿も忘れて、なんてことを――と。

〝本当？〟

しかし、眠気に囚われていたのか、幸功は子狼のユン・ランが言葉を発したというのに、不思議に思っていないようだった。

それどころか、むしろ喜んでおり、まるで夢でも見ているようなあどけない顔で、ユン・ランを見つめてくる。

薄暗い中でも明かりを捉える幸功の黒い瞳に、ユン・ランの姿が映った。

それも本来の自分――銀髪の狼人姿だ。

〝ああ。本当だ〟

幸功に聞かれて、そう答えながらも、ユン・ランは〝そんな馬鹿な〞と動揺した。いっそう胸がドキドキしてくる。

――私も夢の中にいる？　幸功と一緒に、眠りの底へ落ちている？

そうでなければ、成り立たない現象だ。

しかし、これが夢とはいえ、本来の姿に戻っていたからなのか、ユン・ランは身体の奥が火照ってくるのを感じた。

そっと手を伸ばして頬や髪に触れてみると、幸功が嬉しそうに、幸せそうに微笑む。

また、ユン・ランにも、覚えのない幸福感が湧き起こってきた。

この瞬間、ユン・ランは欲情とは違う、何か別の激情を感じた。

〝幸功〞

なぜ幸功がユン・ランの頭や背を撫で続けるのか、なんとなくわかった気がした。

こうして相手に触れて、撫でていると、とても安らぐ。相手のぬくもりを感じ、生命を確かめることで、不思議なほど落ち着き、また癒やされるのだ。

――こんな感覚は初めてだ。

目の前の者がとても愛らしく見え、ただ愛おしく感じた。

そして、幸功がユン・ランに向けて目を閉じたのは、このときだった。

いつの間にか、自分のほうから顔を近づけていたことに気づく。

——触れてみたい。もっと温かく、幸せな気持ちになりたい。

ユン・ランは、これまでにはない思いに駆られて、そっと瞼を閉じた。

だが、幸功の唇に自身の唇を下ろそうとした瞬間のことだ。

——ユン・ラン！

瞼の裏にシン・ランが両手を広げているのが見えた。それは、誕生したときより常に弟を愛し、また両親を亡くしたときからは親代わりとなって守り続けてくれた兄の姿だ。

同時に、満月の映る古井戸へ飛び込んだときの覚悟が思い起こされる。

——私はここへ何をしにきたのだ！

全身に雷を受けたような衝撃と共に、ユン・ランは幸功の上から飛びのいた。

——まさか、オメガ!?　これがヒート？

直感的にその言葉が頭に浮かんだが、ユン・ランには今のゆるく、穏やかな高揚が、性欲をかき立てる発情とは思えなかった。

それでも、自分を戒めるように尻尾に牙を立てる。

痛みは些細《ささい》なものだが、はっきりと目が覚めた。

ただ、突然ユン・ランが起こした行動の理由などわかりようもない幸功は、びっくりしていた。

〝俺、もっと距離感を勉強するから。自分が好きだからってベタベタして、ポチのストレスにならないようにするから。ね、ポチ〟

そして、ユン・ランがこんな行動を取った原因が自分にあると思い込んでしまったようで、とても悲しそうな目をして謝罪をしてきた。

——そうではない！　そなたのせいではない‼

説明ができない苦しさから、ユン・ランは尻尾に立てた小さな牙にいっそう力を込める。ただ、この行動が幸功をより悲しませ、罪悪感を与えてしまうとすぐに気づいたので、尻尾を放した。

これを見た幸功は、少なからず安堵していた。そして、これ以上ユン・ランを刺激しないようにとでも思ったのか、ゆっくり布団の中に身体を戻した。

〝——‼〟

だが、ユン・ランの全身が烈火のごとく熱くなったのは、このときだ。

薄暗い部屋の中でも輝きが衰えることのない瑠璃色の瞳には、愛嬌たっぷりの顔をしたハスキーのぬいぐるみが映し出されていた。

たった今、自分が身を置いていた場所、幸功の腕の中というテリトリーを奪われたことに、理性からも本能からも激しい敵対心が噴出したのだ。

（最悪だ——）

ユン・ランにとっては、生まれて初めて覚えた憎しみのような、苦々しいような悪感情だった。と同時に、単なる偶然でじっとこちらを見てくるハスキーがぬいぐるみだとわかっているのに、こんな感情が一瞬でも起こった自分が恥ずかしい。

情けなくて、今一度尻尾に牙を向けてしまった。

（発情などしようもない赤子の身体が熱い。いや、これは身体ではなく感情、心か？）

その後しばらく、ユン・ランは、うっかり視線が合ってしまったハスキーのぬいぐるみから、目を逸らすことができなかった。

（幸功。もしかしたら運命の子なのか？　子犬や獣人を夢に見たと言っていた。シン・ランも相手を夢に見ると言っていた。ただ、幸功が夢に見ている相手がシン・ランなのかどうかはわからないが。幸功ならば、素直で信仰もありそうだしあり得ない話ではない。しかし、幸功がこの家で生まれた人間なら、狼国生まれのシン・ランの番ではなく私の――その可能性もあるのか？　いや、そんな馬鹿な――。私は何を血迷っているのだ？）

〝……信〟

ふと、幸功が友の名を口にした声が脳裏をよぎった。あれがユン・ランには、シン・ランを呼んだように聞こえて、それで目が覚めたのだ。

（――）

ユン・ランの心に、不意に小石が投げ込まれたような感情の波紋が広がる。

（……私は）

この夜ユン・ランは、なかなか眠ることができなかった。

＊＊＊

意識とは恐ろしいもので、それからユン・ランは幸功に対して、やたらと敏感になってしまった。

(幸功)

オメガなのか？　シン・ランの運命の子か？　もしかして私の番なのか？　一度そう考えると、自分でも驚くほど彼にばかり目がいく。自然と彼のことばかり考えてしまうようになったのだ。

「あ！　ポチ危ない！」

「きゃんっ」

しかも、そのせいか注意力が散漫になってしまい、縁側から脚を踏み外して落ちかけた。これを助けようとした幸功がスライディング抱っこで救ってくれたものの、代わりに転がり落ちてしまい、当然屋敷内は大騒ぎだ。

「うわ！　坊ちゃん‼　お怪我は⁉」

「大丈夫。ちょっと足を滑らせただけ。それよりポチが無事でよかったよ～。子狼にとったら、縁側でも十分高いもんね。本当に無事でよかった！」

（幸功！　すまない、幸功‼　私のせいで！）

「ポチ〜っ」

（――っ‼）

「よかったよかった」と抱っこして撫でまくってきた幸功にドキンとしたかと思うと、急に熱が上がってしまった。

その熱を吹っ切りたくてジタバタし始める。

「わ、ごめんね！　またギュウギュウ抱っこしちゃったよ。ストレス与えちゃった」

ユン・ランがこうなると、幸功はすぐに離してくれた。だが、決まって代わりにハスキーのぬいぐるみを抱えて、ユン・ランには心配そうな視線だけを送る。

しかし、これがユン・ランには腹立たしい。いっそう熱が上がる。

（落ち着くのだ、私。これは混乱によるものだ。いや、単純に、あのヘラヘラ笑った顔のぬいぐるみとの相性が悪いだけかもしれない。そうでなくても、幸功に抱かれて動悸《どうき》がひどくなることに、心身がついていけていない。だが、すぐに慣れるはずだ。野生のドラゴンでさえ、三日で手懐けた私だ。この環境や状態に馴染んでしまいさえすれば、いつもどおり落ち着いた自分になる。絶対に！）

結局尻尾を抱えて、嚙みつくことで憂さ晴らしをする羽目になる。

だが、これをすると幸功が落ち込むので、長くはできない。

仕方がないので、幸功やパイたちの目を盗んで、彼の寝床に置かれたハスキーに跳び蹴りをかましてみた。

(!)

思いのほかすっきりした。

なので、ユン・ランは一日一回これをすることで、気を紛らわすことにした。

やるべきことがある。いつまでもハスキーを気にしている場合ではない。

早速、こちらへ来た翌日から、家内調査を始めているのだ。

パイたちは、不本意であろうが屈辱であろうが、子狼らしく可愛く人なつっこく振る舞うことで、この敷地内を自由に動き回れることを学習した。

そして、自由に行動することを家人たちに慣れさせることに成功したのだ。

彼らの頑張りを見れば、ユン・ランとて本来の目的を思い出すというものだ。

(今はシン・ランの運命の子探しだ。それ以外は考えるな!)

功盛や幸功、氷熊や古門たちと行動や就寝を共にしていれば、彼らの会話からこの家の状況や仕事の内容が、大雑把にでも耳に入る。

彼らが寝ついたあとには部屋の中も物色できるとあり、愛らしい姿を武器にやりたい放題だ。

中でもパイは、人間たちがお揃いのように持っているスマートフォンやタブレットに着目した。氷熊が何かを調べるときに、それに声をかけた。すると、スマートフォンから、答えが返ってくるのを幾度も見たからだ。

(シリリンっていう者が中にいる——。これは使えるはずだ)

パイは早速、氷熊がスマートフォンを手にしたときを狙って、これを触りたいですと、身振り手振りでおねだりをした。

小さなお尻ごと尻尾を小刻みに振るのも忘れない。つぶらな瞳もキラキラだ。

(三十手前の軍人がここまでしているんだ。貴様、無下にしたら絶対に許さない!)

心の声は、当然口には出さない。

「——ん? なんだ、白。触ってみてぇのか? けど、さすがにこれはな——。そうだ。前のやつなら、もう使わねぇから、好きにしていいぞ。なんならゲームも入れてやろう。家の中で使うぶんには、Ｗｉ－Ｆｉも繋がってるしな」

すると氷熊は、タブレットにちょっとしたタップゲームをインストールして、パイに与えてくれた。

画面をぺちぺち叩くと、森の動物たちが徒競走をするというものだった。

だが、今は遊びよりも、この世界のデータ収集が優先だ。

(かたじけない! 見直したぞ、氷熊殿)

パイはユン・ラン、ホン、フォンを集め、人目を盗んで調査を始める。

「シリリン。ここはどこですか?」

「シリリン。ヤクザとは何ですか?」

「シリリン。この世界に月はありますか?」

「シリリン。この近くに井戸はいくつありますか?」

――などなど。タブレットの操作はぺちぺちしかできないが、言葉が通じることを最大限に利用した。思いつくまま質問をぶつけて答えてもらい、この家や、周辺のことを知っていったのだ。

とはいえ、この質問だけは、失敗だった。

「シリリン。この世界に、異世界と通じている人はいますか?」

AIが異世界というキーワードに反応したためか、ライトノベルやアニメの紹介が出てきてしまい、それがあまりに多かったがために大混乱を招いた。

「この世界にオメガの人はいますか?」などと聞いた日には、さらにとんでもない量のライトノベルや漫画が紹介される。

これらが、自分たちの世界で言うところの創作の読み物だと理解するまで、パイたちは混乱しっぱなしだった。

「いったいこちらの世界は、どうなっているのだ?」

「いくつの異世界と繋がっているのでしょう。オメガもアルファも普通にいます」

「――ってか、獣人の世界に行き来しているのもあるぞ。変身しているのもだ！」

「異世界でご飯屋さん開業って、幸功さんみたいな人が僕たちの世界へやってきて、薬膳食堂とかしてくれるのかな？　それいいな！」

――という状態になってしまった。

この日に限っては、完全に目的から脱線をしてしまい、調べものは進まなかった。

それでも、シリリンが中にいるタブレットは、子狼姿で調査を進めるしかなかった彼らにとっては救世主だった。神の告げを受け取る絵札よりも、ほしい答えを大量に、しかも素早く的確に導き出してくれる魔法のアイテムだったのだ。


一方、霧龍組では、幸功と若い衆たちが中心となり、子狼たちの世話をしていた。

起きてから就寝までのルーティンを決めて、四匹の食事と運動のバランスを考える。

イヌ科の習性を踏まえて個々のケージを用意し、子狼たちがストレスを感じないように手配したつもりだったが、この子たちは勝手気ままに屋敷の中をウロウロ、庭をウロウロするのが好きだった。

しかも、四匹でべったりくっついていたかと思えば、氷熊がおもちゃとして与えた、タブレット画面をつついて遊んでいる。

また、最初に抱き上げてくれた四人を自分の担当者だと思っているのか、姿を見れば後追いをした。特に夜は一緒にいたがり、デレた功盛たちは「しょうがねぇな～」と言いつつも、自室で好きなようにさせていた。

和室ばかりの日本家屋とはいえ、自室にはウッドカーペットや絨毯を敷いてベッドも置いていたのに、子狼のためだけに四人は布団を敷いて寝るようにもなった。

一緒に寝るにしてもケージへ入るにしても、用を足すにしても（トイレはすぐに覚えた）、そのほうがいいだろうと考えた。ベッドへ上げて、万が一にも寝ている間に落下させてしまったら大変だからだ。

おかげで霧龍組の三役である功盛、氷熊、古門は、すっかり子狼たちに甘々になっていた。もとから過保護体質なのは幸功への態度で証明済みだが、近年は幸功が自立し始めていたために、昔ほど構えていなかった。

知らずたまっていた「構いたい欲求」が、ここへ来て一気に爆発――子狼たちに向けられたのだ。

だが、一番過保護かつ甘々になりそうな幸功がポチに遠慮がちで、かつ距離が遠いように見えて、矢吹は心配をしていた。

今日も和室で距離を保ちつつ一緒にいる幸功とポチを目にしたものだから、出すぎた真似かと思いつつ声をかける。

「——うん。なんか、ポチはストレスを感じやすいみたい。俺が最初からベタベタしすぎたのが、悪かったんだけど。大好きアピールをしたり、スキンシップをしようものなら、転げ回った挙げ句に、尻尾を噛み始めちゃうんだ。この家の中では俺を一番に慕ってくれている気はするんだけど……。夜も、俺の部屋で寝てくれるし」

だが、夢にまで見ていたポチと思うようにイチャイチャできないストレスで、幸功もダメージを受けている。

だから功盛たちがそれぞれうまくやっているのを見ると、嫉妬さえ起こる。

しかし、ここはじっと我慢だ。普段はベッドに置きっぱなしだったハスキーのぬいぐるみを抱えることで、大好きなポチをかまいたい欲求を抑え続けている。

「そうなんですね。子狼にも個性があるというか、性格がそれぞれというか。ストレスのポイントが違うって、難しいですね。赤茶なんて、古門さんの姿が見えないときは、俺たちでも全然OKでかまってちゃんだったりするし」

矢吹は話を聞いて、なるほどね——と、納得をしていた。

今も幸功は、二メートルほど離れた座布団に伏して、チラチラと自分のほうを見ているわりに、近づいてはこないユン・ランを気にしている。

目が合うたびに、ハスキーのぬいぐるみを抱く腕に、自然と力が入る。

「赤茶は最初から人なつこいよね。黒はなんとなく兄ちゃんの側にいる感じだし、白は最初こそビビっていたけど、今では氷熊相手にツンデレっぽくなって、振り回してる気がする。人間だって一人一人違うんだから、子犬でも子狼でも、個性があるのが当たり前だもんね」

「そうですね」

「それよりポチたちの身元調査はどうなったんだろう？　まだ何もわからないのかな？」

「そのようです。獣医先生からの知らせもないです。ただ、まだ一週間ですし、師走ですから。みんな仕事も追い込みで、組長たちが指示を出しているにしても、その先で作業が止まることは、ままあると思いますよ」

「――ああ。そう言われたら、そうだよね。今年も早いね。もう、終わっちゃう」

そうして矢吹との話を終えた頃、他の三匹がユン・ランのもとへ集まってきた。心なしかこの一週間で一回りか二回りは大きくなり、脚腰もしっかりしてきた気がする。

だが、人間の赤ん坊でも生後一ヶ月から二ヶ月、三ヶ月は見る間に大きくなっていく。それが生まれて三週間もあれば歩くようになるイヌ科の狼ならば、六週を過ぎて七週目くらいと思われる今は、まさに成長期。誰もがこれを特におかしいとは思わなかった。

毎日見ているために、目が慣れてしまっているのもある。

「とりあえず、俺はポチたちの夕飯の支度をするから、矢吹も手伝って。ご飯だけは間違いなく気に入ってくれているみたいだし。極楽院組のお姐さんに教えてもらった専門店で通販した粉末三種も、さっき宅配便で届いたからさ」

幸功は、四匹の集いの邪魔になっても悪いよなと判断し、矢吹を誘っていったん部屋を出ることにした。

「そ……、そうですね。あ～、さっき届いた大きい箱は、粉末だったんですね。てっきりポチたちのおやつか何かと思っていましたが。わかりました。では、参りましょうか」

「うん！」

矢吹は幸功のあとをついて部屋を出るも、掌サイズの小瓶粉末が、今度は五キロ用のミカン箱サイズで届いたことを知り、顔が引きつるのを止められなかった。

向こう一年は漢方飯になるだろうことを察して、動悸まで激しくなってくる。

「ポチたち――。ずっとこの家にいて、もりもり食べてくれないかな」

「え？　何か言った？」

「あ、いえ。やっぱり一週間も一緒にいたら、私もポチたちに愛着が。なんていっても、夢中で食べているところが可愛いな――と」

「だよね」

うっかり「いっそ自分たちのぶんまで食べてくれないかな」という願望が言葉になってしまったが、一週間も一緒にいたら――というのは、嘘ではない。矢吹に担当の子狼はいないが、三日飼えば恩を忘れないのが犬なら、愛着を持ってしまうのが人間だ。

特にこの家の漢たちはそろいもそろって情に厚く、それは矢吹も同じだ。

幸功は、矢吹の言葉を嬉しく思いながら、キッチンへ向かうのだった。


(うわ〜っ。聞きましたか、パイ少佐。薬膳食がまた出てくるみたいですよ)

幸功たちの気配が感じられなくなると、フォンが嬉しそうに尻尾を振る。

(そのようだ。私たちの成長が早いような気がするのは、栄養がいいからかもしれない。このぶんなら、成獣になれるのも早そうだ)

パイもフォンに同意する。

しかし、日々心身のバランスを取るのに疲れ、すっかり伏せていたユン・ランを見つめるホンから視線を送られると、パイは小さく頷いた。

そして、三匹でユン・ランを囲むようにして座り、静かに話しかける。

(ユン・ラン様。このままでは、ご立派な尻尾が禿《は》げてしまいますよ)

パイが、一部毛が薄くなっている尻尾の噛み跡を見ながら、ため息を漏らす。

(そろそろ胸に秘めていらっしゃることを、我々に打ち明けていただけませんか?)

ホンも、普段とは比べものにならないくらい、遠慮がちに問いかける。

(僕が言いましょうか?　幸功さんが、いいえ幸功様が、運命のお子なんですよね?　確信が持てるような、ビビッと何か感じられたんですね？　ユン・ラン様、日増しに幸功様を見る目が変わってきましたし。昨日なんか、幸功様のお布団から、力一杯ハスキーを蹴り転がしてましたものね。あれって、この無礼者が！　みたいなことでしょう！）

しかし、フォンは相変わらずド直球だ。

気を利かせたつもりで代弁をするのはいいが、容赦がない。

（フォン！　またお前は‼）

これにはパイとホンのほうが慌てた。二匹がかりでフォンの後頭部を押さえつける。

（――）

だが、幸功を見る目はともかく、個人的な悪感情――間違いなく被害妄想からのストレス解消で、自分の身体よりも大きなハスキーのぬいぐるみを蹴り転がしていたところを目撃されては、ごまかしようもない。

ユン・ランは、ため息交じりに伏せていた身体を起こし、その場に背筋を正して座った。

そして、パイとホンには、フォンを責めなくていいと目で語る。

（幸功のことに関しては、未だに〝そうじゃないかという気がする〟としか、言いようがない。その程度しかわからない。これが正直なところだ）

自分が幸功に、オメガの可能性を感じていることだけは認めた。

これだけでもパイたちは、目的達成への期待からか、そろって身体が前のめりになる。

現時点まで、他にそれらしい可能性を持った人間とは出会えていなかった。この家の中では、そうした情報はなく、シリリンもこればかりはほしい答えをくれなかったからだ。しかし、当のユン・ランの表情は険しい。

(確かに幸功には、これまでに嗅いだことのない甘く香しい匂いを覚えた。だが、アルファがオメガに感じるはずの強い衝動は覚えない。むしろ、こう――ふわふわとしたような、甘ったるい気分にさせられて。気を抜くとじゃれついてしまいそうな。今の未熟な赤子の身体では発情することや、相手に自分がアルファだと認識させることは無理なのかもしれない)

説明を聞くパイとホンは、その内容に一瞬首を傾げながら顔を見合わせてしまった。

だが、とにかく今は話を聞くしかない。軽く頷き合うと、耳をピンと立てる。

(ただ、こうなると幸功がオメガなのか、ただの獣たらしなのか、考えてもわからない。彼の私へのスキンシップや愛情表現は、飼い犬に対するものとしか思えない。それで、こうした曖昧な答えしか導き出せずにいる)

おそらくは、ユン・ラン自身もどう説明していいのか、迷っている。

ユン・ランのことは幼少の頃から知っているパイやホンにしても、こんな回りくどい話し方をする彼は、初めて見る。

それだけ運命の子を嗅ぎ分け、見分けることは難しいのだろう。

だが、それは致し方がない。ユン・ランたちの世界では、耳と尾を持たずに生まれ、適齢期に発情すればオメガだとわかるが、人間界では発情してもらわないかぎり、判断することができないのだ。

（それでも幸功に対して、これまで感じたことのないモヤモヤした気持ちはある。彼が長年見てきた夢のことも気になるし。――すまない。一刻も早くシン・ランの番を探し出し、連れ帰らなければならないのに）

ただでさえ責任感の強いユン・ランは、目に見える進展がないことにも不安と苛立ちがあるのだろう。いくら、戦場に放り出されていたかもと思えば子狼として保護されたのはラッキーだとは言っても、だ。

二日が過ぎ、三日が過ぎ、一週間ともなれば、この姿では一番肝心なことが判断できないことを痛感するしかない。

それも、幸功という運命の子としての可能性を持った相手がいるにもかかわらず――。

これが一番、今のユン・ランを苦しめている。

同じ途方に暮れるのでも、該当しそうな人間がまったく見当たらないほうが、まだマシだ。四人で不安や苛立ちを分け合える。今の状況はすべてがユン・ランの、アルファの感覚にかかっている。

（謝らないでください、ユン・ラン様。赤子の姿では確信が持てないのは当然のこと。そ

れに、仮に幸功様が運命のお子であったとしても、子狼のユン・ラン様に対してヒートを起こされたりしたら、もっと大問題です）

ユン・ランの苦しみを和らげてあげたくて、パイは、生来真面目なユン・ランが納得するしかないことを口にした。

（——そうですよ。仮にオメガで、夢に見るほど番を待ち続けているにしても、目の前に現れたユン・ラン様は、子狼なわけですから。せめて成人された姿で対面されないことには、オメガもアルファも発情も、どうにもならないでしょう。子供は発情しませんし、オメガも子供のアルファには反応しません。これは誰のせいでもありません。強いて言うならば、神のいたずらか試練とでも申しましょうか）

ホンに至っては、苦しいときの神頼みどころか、不都合な展開は、すべて神の仕業で済ませようとしている。と、ここでフォンが再び耳をピンと立てた。

（あ、そうだ。ユン・ラン様。一度幸功様を我らが世界へお連れするのはどうでしょうか！）

名案でしょう——とばかりに、尻尾をぶんぶん振る。

しかし、あまりに突飛なことを言われたユン・ランは混乱する。

（幸功を我らが世界へ？）

（はい。そうすれば、ユン・ラン様も僕たちも、きっと元の姿に戻れます。この世界で判

断できるまで我々が成長するのを待つよりは、手っ取り早いのではないかと)

だが、フォンの言うことは理にかなっていた。これにはパイやホンもハッとしている。

当然、ユン・ランもだ。

(そうか――。そう言われたら、確かにそうですよね)

(でかしたぞ、フォン!)

(うむ。これは単純なことだけに、見逃してしまっていたな)

(ありがとうございます。ユン・ラン様。パイ少佐。ホン大尉)

幸功を狼国へ連れて行けば、彼が運命の子なのかどうかは、はっきりする。

違うなら、こちらの世界へ送り届けて、改めて探せばいい。

(では、ユン・ラン様。すぐにでも帰還の準備を)

(ああ。ただ、孔を通る限り、向こうへ着いたときに日時がどうなっているのか、そこは覚悟して戻らないとな。季節にズレこそ感じるが、月の満ち欠けやこちらの時計、カレンダーを見る限り、時の流れは同じだ。もちろん、これだけでもありがたいことだが――)

ただし、ユン・ランが言うように、戻ったとき、狼国の日時がどうなっているのかは、予想がつかなかった。

現状でわかっていることがあるとするなら、向こうを満月の夜に旅立ったユン・ランたちがこちらへ着いたときには、太陽が昇る時刻――朝だった。

また、幸功が部屋に置いていた月齢カレンダーを見たことで、ユン・ランたちがこちらへ来た日は新月だったことがわかっている。

とすれば、遅いか早いかの違いはあれど、二つの世界は月齢を軸に見るなら半月ずれている。もしくは、時間の進行を軸に見て、月の周期自体がずれているパターンだ。

(——ですよね。これぱかりは、戻ってみないことにはわからないですし)

(さすがに僕らがこちらへ来たときの数年後に戻されたら、意味がないですもんね。逆に、数年前に戻されて、当時の自分とばったりなんていうのは——恐ろしいだけなので、もう考えるのはやめます。とにかく！ 今は、こちらで過ごした時間に、孔での移動時間が足されたくらいのところへ戻してもらえることを祈りましょう！ 神様がこっちへ来るように誘導したんですから、それぐらいの責任はとってくれますよ。きっと！)

パイとフォンは顔を見合わせると、力強く頷く。

ユン・ランは、ここでも最後は神頼みか——と思いつつ、それでも次にとるべき行動は決まった。

(では自分が、早速今日から井戸の様子を確認します。今宵は上弦の月。ここから満月を通り過ぎても、しばらく月が姿を隠すことはない。もちろん、天候次第になりますが。毎夜井戸を調べていけば、孔を通れる夜がくるはずなので)

また、ホンは月齢を思い起こしながら、力強い言葉をユン・ランに向けた。

狩猟小屋の管理人・ハンから見せてもらった巻物によると、孔を通るさいに必ずしも満月でなければならない――というわけではなかった。

ただ、月が井戸の水面を照らす必要があるため、満月かそれに近いほうが明るくていいのだろうが。

満月を待つにしても、あと一週間。

ユン・ランの成長を待つための数ヶ月に比べれば、あっという間だ。

(そうだな。幸功をどうやって井戸まで誘導するかだが)

しかし、一番肝心で難しいのは、やはり幸功を井戸まで導き、中へ飛び込んでもらうことだ。ユン・ランたちが元の姿であれば、抱えて飛び込むのはたやすいが、今のままでは四匹で力を合わせたところで、幸功を持ち上げることもできない。

最低でも、幸功に井戸の前まで来てもらわなければ絶望的だ。

(やるしかないだろう)

少し考え込むと、ユン・ランが言った。

(何かいい方法でも?)

(幸功に本当のことを伝えて、一緒に来てもらうのが一番確かだろうな)

パイに聞かれると、ニコリと笑った。

そして、至極当然のように、驚くようなことを言い放ったのだった。

その日の夕飯どき——。どこぞの匠によって作られた陶器のわんこ用碗《わん》に、柔らかく炊かれた漢方入り粥の上に、刻まれた肉や野菜がトッピングされた、豪華な食事がユン・ランたちの前に並べられた。

(ごちそうさまでした)

(美味しかったですね、ユン・ラン様。お肉もちょっと大きくなって、今日も大満足です)

(幸功様には、胃袋をがっちりと摑《つか》まれましたね)

(本当に。ふぅ～っ)

ユン・ランたちにとっては幸先のよい薬膳食を堪能すると、幸功はその様子を見ただけで笑顔になっていた。そして、同じ材料で作られた人間用の一汁三菜は、相変わらず苦々しい苔色のご飯がドンとよそられて、功盛たちの視界とメンタルを圧迫している。

男所帯のため丼飯が当たり前になっていることが、今はつらい。

しかも、今夜は汁にもふんだんに漢方粉末が入っていた。

未だにこれが何の粉末なのかは、実のところ幸功にもわかっていない。

(生でも腹を壊さない食材調達に余念がない矢吹に、今夜も感謝だな)

それでも功盛は完食し、箸を置いたところで両手を合わせていた。

(本当に——。でも、組長。一緒に胃薬も食べているって思うと、ちょっと安心感がありませんか？　なんだかわからないものを食べているのは変わりませんが、何かがあっても守ってくれるような。この、良薬口に苦しに全力で耐えている努力を神様が応援してくれているみたいです)

(氷熊、ナイス、前向きだ)

(そう言われたら、私もそんな気がしてきました。同じ耐えるなら、危なそうな料理だけより、良薬配合のほうが、精神的にもいいですからね)

(同感です。古門さん)

息も絶え絶えになりそうなのを全身全霊で隠し、達成感に満ちている漢たちとユン・ランたちでは、天と地ほどの差がある。

(それにしても坊ちゃんは、昔から舌と胃腸が頑丈だな。大変喜ばしいことだが、ときどき心から羨ましくなる)

(本当に。あんなに可愛らしい姿をしているのに、胃腸だけはサバンナの猛獣並みかと思います。あ、心から褒めてます！　あっしは昔から腹が弱いのが原因で、ここぞってときに失敗して、自棄になってグレた口なので)

矢吹と若い衆など、同じ料理を笑顔で食べ終えた幸功を見て、もはや尊敬の眼差しだ。

「ごちそうさまでした。さてと、片付けようっと！」

幸功は、綺麗に食べ尽くされた食器を見るだけでご機嫌だ。後片付けさえ楽しくなっている。ただ、ここで浮きたってしまったからか、食堂兼用の広間から縁側へ出たところで足を滑らせてしまった。

（幸功！）

「幸！」

「「「坊ちゃん‼」」」

ガシャン――と、下げていた食器の割れる音と同時に、幸功を心配する声が響く。いの一番で駆けつけたのは、ユン・ランだ。フォンたちが動いたときには、いち早くクンクンと鼻を鳴らして、転んだ拍子に縁側についた幸功の手足に怪我がないかを確認している。

「大丈夫か、幸？」

「幸功さん。怪我は」

「ごめんなさい。みんな綺麗に食べてくれたから、つい嬉しくて」

「それより、痛いところはないですか？　坊ちゃん」

「ここは矢吹たちが片付けておきますから、坊ちゃんはいったんお部屋へ。ほら、ポチたちも心配して駆けつけてますよ」

功盛と古門、氷熊や矢吹が声をかける間にも、若い衆が落とした食器類をささっと片付ける。矢吹は、座り込んだ幸功の側にいたユン・ランを抱き上げると、そのまま幸功の腕へ。せっかく側へ寄ってきたのだからと、このまま連れて行くように促してくれた。

「……ポチ。ありがとう、矢吹。じゃあ、ちょっと部屋に行ってくる。みんな、驚かせてごめんね」

「いいってことよ、気にするな」

「はい」

功盛に支えられて立ち上がると、幸功はポチを抱えて自室へ移動した。

パイたちも一緒になってついてくる。

派手に転んでしまったので、まったく痛みがないと言えば嘘だ。

だが、湿布をベタベタ貼る必要があるかと聞かれれば、そこまででもない。心配そうに集まるユン・ランたちにもそう告げた。

「大丈夫。何でもないよ。ちょっと部屋で休めばすぐに気にならなくなる程度だから」

すると、話が通じたのか、四匹は安心したように「くぅ」と声を漏らしていた。

当然、この反応は幸功の願望、自分でも都合のよい妄想だとわかっているが、部屋に入って幸功の手足を確認すると、ついてきた三匹は、部屋から出て行ってしまった。

（幸功様。何ともなくてよかったですね）

（本当に）

縁側へ出ると、安堵したフォンの言葉にパイとホンが同意する。

(幸功様のことはユン・ラン様にお任せをして、私はここしばらくの天気をチェックしてきます)

(俺は、井戸を確認してくる。ちょうどいい具合に月も出ているし)

(では、ホン大尉。僕も井戸のほうへご一緒します)

三匹は、すぐに動いた。パイはタブレットのある部屋へ、そしてホンとフォンは縁側からに庭へ出て、井戸が設置されているほうへ走る。

幸功の部屋に残ったユン・ランは、三匹のやりとりを耳にしながら、自分もやるべきことを――と、息を吞む。

「ん？　どうしたのポチ。そうだ。せっかくだから、遊ぼうか？　ボールがいい？　それとも他のおもちゃがいいかな？」

いったんユン・ランを座布団へ下ろすと、幸功は自室にストックしている子犬用のおもちゃ箱を出してきた。しかし、そんな幸功に、ユン・ランはすべてを打ち明け、一緒に自分の世界へ来てほしい、孔を通ってほしいと頼むつもりでいる。

(――よし)

ユン・ランは、不思議と幸功なら一緒に来てくれると思えていた。

驚きはすれど、頭ごなしに拒絶はしないだろう。困惑はしても、精一杯理解しようと努めてくれるはずだと、信じて疑うことがなかったのだ。

「どうする？　ポチ」

「なら――。できれば、このまま黙って、私の話を聞いてほしい」

ユン・ランは、人形のついたおもちゃを片手に微笑む幸功の顔を見上げると、いつものように鳴くのではなく、はっきりとした言葉で用件を口にした。

「ん？」

幸功は聞き間違いだと思ったのだろう、一度首を傾げた。

その上で、改めてユン・ランの顔を覗き込んでくる。

幸功の漆黒の瞳に、ユン・ランの姿が映る。

そして、ユン・ランの瑠璃色の瞳にも幸功の姿が映っている。

それを確認しながら、ユン・ランは落ち着いた口調で今一度話す。

「私の名はユン・ラン。異世界の狼国より運命の子を探しにこの地へやってきた者だ」

「・・・・・」

瞬間、幸功の両の瞼が限界まで開いた。

そして、何か言いたげに口を開くと、アウアウしながら、自身に起こっている、悲鳴さえ上がらないほどの混乱と、真っ向から戦うことになった。

一方、庭へ出ていたホンとファンは、このとき思いもよらないことを耳にしていた。

「獣医先生が播磨組に捕まった？」

「どういうことなんですか？　組長。すぐにでも救出を！」

それは、なぜか自分たちと同じように、井戸の様子を見にきていた功盛の一報から始まった。

同行していたのは氷熊と古門。どちらも突然のことに動揺している。

「救出には、すでに人を送っているから、大丈夫だ」

「――そうですか」

「それにしたって、どうして播磨組が獣医先生を？」

すでに手は打ってあると聞いて、二人は落ち着きを取り戻す。

ホンとフォンも顔を見合わせて安堵する。そこは同じだ。

「あれから子狼の出元を当たってくれていたんだが。訊ねた先の一つに、播磨組が闇営業をしているブリーダーショップがあったんだ。しかも、うちがブリーダーショップの目の前に出店した保護動物専門のペットショップ＆カフェが大盛況だったあおりを食らって、倒産寸前。そうとは知らずに訊ねたもんだから、子狼なんか知るか――とキレて言いがかりをつけられまくった結果、大立ち回りだ。あいつは一見、当たりが柔らかそうに見えても、筋金入りの極道一家の出だからな。メンチ切られたらもたなかったんだろう」

「先生。犬猫相手ならどこまでも我慢が利くのに、人間相手だと容赦ないですよね」

しかも、ホンたちは、すでにシリリンで学習したので、この話の展開もだいたい理解ができた。登場人物が全員ヤクザかその家の出。これだけを聞いても、子狼の出どころをきっかけに、とてもやばいことになっていると、背筋が震える。

「まあな。だが、そういうことだから、同業者に置いていかれた説は、ないに等しくなった。一番やらかしそうなところが、子狼に関してはまったく関知していなかったらしいから」

――と、ここで功盛が、やけに重々しいため息をついた。

「ただ、こうなると逆に話がややこしい。防犯カメラをチェックしても、何も出てこない。もしかして、地下水を伝って侵入してきた奴に井戸から放り出されたんじゃないかって、あり得ないことまで考えちまう」

「でも――、井戸の底で、勝手に下水管か何かに繋げられているなんて可能性はあってもおかしくないんじゃ？」

子狼たちは井戸を通じて異世界から飛び出してきた。

それを知らない限り、普通は古門のようなことを考えるだろう。

しかし、ホンとフォンが聞き捨てならなかったのは、ここからだ。

「それなら昔、幸功のときに調べたが、うちの井戸は地下水が上がってくるだけだ。あれから勝手に掘り進められて、外から貫通されていたなんてことがない限り、出入り口に使われることはない。井戸水は庭木に使っているが、一度もおかしなことにはなってないんだ。だから俺も、あり得ないことまで——と言ったんだ」

「——そうですか。なら、よかった。でも、そうか——。そう言えば、幸功坊ちゃんも、ここで組長が見つけられたんでしたっけ」

「そうそう。早いもんで、あれから二十年。今回の子狼どころの騒ぎじゃなかったですよね。当時の俺は、今の矢吹とまったく同じことしていたな〜。赤ちゃんグッズの全部が可愛くって、自腹で買い込みまくって、姐さんに怒られたんでした。あたしの楽しみ奪う気か！　って。せっかくこんなに可愛い次男を授かったんだから、爆買いしたいって」

何の気なしに発せられた功盛の説明に、古門や氷熊がなんてことないように笑った。

これによって、ホンとフォンは幸功がこの家の子ではないと知ることになったのだ。

「そういや、そんなこともあったな。親父やお袋がさっさと手を回して、次男誕生にしちまったから、気にしている暇もなかったが。今にして思えば、師走の寒い時期に、あんな可愛い子を置き去りにしていくなんて——。俺の発見があと数時間遅かったらと考えると、はらわたが煮えくり返る」

当時のことを思い起こしたのか、功盛の顔つきが険しいものになる。

ホンたちにしても、年の離れた兄弟としか思っていなかったので、実は功盛の隠し子だったと言われるよりも驚きが大きい。

それほど幸功はこの家の子供だし、霧龍組という家族から最も愛されている。

この家の中で誰が真相を知っているのかホンたちにはわからないが。幸功の出生については、誰一人気にもとめていないというのが、この家の現実だ。

「ですよね」

「けど、坊ちゃんのときも井戸の脇。そして今回も同じ場所ってなると、やっぱり何かあるのかって勘ぐりますよね？」

「――本当にな」

そうして功盛たちは、今一度井戸とその周りを確認してから、母屋へ戻っていた。その後ろ姿が見えなくなったところで、ホンとフォンは石倉の陰から井戸の前まで出てくる。

（ホン大尉。今の、話って……）

恐る恐る口にしたフォンが語尾を震わせる。

（――ああ。本当なら、自分らが探しにきたシン・ラン様の運命のお子は幸功様で間違いないだろう。だいたい、この屋敷の厳重な警備状態で、外から侵入して赤ん坊を置き去りにできる者なんていないだろう。俺たち同様、孔からこちらへ来たんだ。そして、赤子だった幸功様を古井戸へ落とすような――。そんなむごいことをした者が、向こうの世界にはいたということだ）

ホンは、この場から敷地内を見渡しながら、まずは客観的に状況を分析した。

伊達《だて》に一週間も、ウロウロしていたわけではない。この家の防犯は完璧だ。それは日頃から城へ出入りし、また国防軍に身を置くホンたちなら、自ずとわかることだ。

しかも、シリリンから学んだヤクザの歴史を考えれば、防犯に関しては、出入りやカチコミなどといった他組織との抗戦が激化していた昔のほうが、厳重だったはずだ。ホンは、こうしたことからも、幸功は孔からこちらへ落とされたのだろうと判断をした。

だが、それ故に、怒りがこみ上げた。いったい誰が何のために、生まれて間もない赤子を異世界へ放り出すようなことをしたのか？

まさか、呪われた子とでも思われたのか？

ホンは整理が追いつかないとばかりに、頭を振った。

しかし、彼の話を聞いたフォンはと言えば――。

（でも、だとしたら――、ユン・ラン様のお気持ちは？　僕はてっきり、幸功様はシン・ラン様の運命のお子ではなくて、ユン・ラン様の運命のお子だと思っていて。だって幸功様はユン・ラン様の――『ポチ』の夢を見ていたと言っていたじゃないですか。だから、この際ユン・ラン様の番として、連れて行ってしまえばって思ったのに）

自分の思い込みが外れたことに、がっくりと肩を落としてしまった。

すると、これにはホンも同意した。

（それは俺やパイ少佐だって同じだ。幸功様はこちらの生まれだと思っていたからな。おそらくユン・ラン様だって、自分の番、運命のお子に出会ってしまったのか？　と、一度ならず考えたと思う。自分はシン・ラン様のお相手を探しに来たのに——ってさ。だが、一度子狼などみな姿は似ているからな。夢で見ていた『ポチ』がシン・ラン様だった可能性は否定できない）

そうしてホンの脳裏に、運命の子を探しに東へゆくと決めた夜のことが思い出される。

そのときユン・ランに呼ばれたのは、パイとホンの二人。

おそらく、スウやフォンには言いづらかったのだろう。

ユン・ランは万が一を想定して、頭を下げてきたのだ。

〝このようなことを言うのは、私も恥ずかしいし心苦しい。だが、この先もしも私が兄上の運命の子と出会い、あろうことか理性を失うようなことがあったときには、お前たちが私を止めてくれ。手負いにしてもかまわない。二人でなら私を止められるだろう〟

〝承知しました〟

〝御意に——〟

あの時点では、まさかここへ来て子狼になってしまうとは思ってもみなかった。

そのためユン・ランはシン・ランの運命の子に出会った瞬間、万が一にも発情に誘発されてその者を求めてしまうことを危惧した。

後先を考えることができなくなり、本能のままに運命の子を欲して、自分のものにしてしまう可能性がゼロではないことを恐れたのだろう。

探しているのは、狼王シン・ランのための運命の子だ。

決して我がものにしてはいけない相手なのだ。

（そうですよね。ユン・ラン様は、シン・ラン様や国のためなら、自己犠牲をいとわない。たかがぬいぐるみに嫉妬をするほど、幸功様のことがお好きだろうに。それでも、幸功様が我々の世界の生まれだと知ったら――）

フォンはユン・ランの心を思い、せつなくなってくる。

そのときホンが足下に落ちていた石を咥《くわ》え、井戸の縁へ飛び乗り、中へ落とす。

水面に映っていたのは半月だが、それでも小石は波紋を作ることなく吸い込まれていった。

（こうなったら、一刻も早く幸功様と共に帰らなければ）

孔の存在を確かめたホンが、力強く言い放つ。

だが、これにフォンは声を荒らげる。

（どうしてですか、ホン大尉。こうなったら、逆にユン・ラン様だけでもこの地に残り、幸功様と結ばれるほうがいいのでは？　そりゃ、ペットと飼い主みたいな関係になってしまうかもしれないですが）

（いや、ここにいては、二人は結ばれようがない。この地でユン・ラン様が成獣になられて、本能のままに幸功様を——などということになったら、氷熊殿に射殺されかねない）

（あ……。そうか）

ホンにとって神の存在さえ半信半疑なら、そもそも運命の子という存在だって、半信半疑だった。しかし、今この瞬間だけは、神も運命も信じたかった。

決して我が主を犠牲にすることはない。ないがしろにすることはないと——。

（わかったら、すぐに支度だ。フォン）

（は——、え⁉）

ただ、屋敷のほうから大きな物音や罵声が聞こえてきたのは、このときだった。

「カチコミだ！　播磨組の奴らが仕掛けてきやがった！」

矢吹の慌てふためく声が、庭まで聞こえてきた。

「なんだと！」

「てめぇら、覚悟はいいな。全員で奴らを迎え討て！」

「おー‼」

続けて功盛や氷熊たちの声に交じり、若い衆の鬨《とき》の声が上がった。

7　カチコミと運命の孔

「私の名はユン・ラン。異世界の狼国より運命の子を探しにこの地へやってきた者だ」

甘い声。それでいて、どこか凛《りん》とした物言いは、幸功にも覚えがあった。

（ポチ――）

あの夜、横になって胸に抱いた子狼は、幸功の目の前で獣人へ姿を変えた。そうして瑠璃色の瞳で幸功を見つめてきた。

薄暗い部屋の中で、しかも幸功は疲れていた。

だから、目の前の子狼が話し始めても、またケモ耳の獣人に姿を変えても、これは夢だろうと思った。寝落ちしたらしいと信じて、見つめ合ったのだ。

「ポチ――が、ユン・ラン？」

しかし、今は宵の口で、部屋の明かりは煌々《こうこう》とついていた。

座布団の上へ下ろした子狼・ポチは、ここ一週間で目に見えて大きくなったが、それでも豆柴より小さく、成獣にはほど遠い。

だが、背筋をピンと伸ばしたお座りで幸功の顔を見上げてくる姿には、これまでにはない品格を覚える。心なしか顔つきも凜々しく、不思議なことに幸功は、幼い子狼にケモ耳の獣人となった姿をはっきり重ね見ることができた。

どんなに姿形を変えようと、彼の瑠璃色の双眸だけは変わることがなかったからだ。

「異世界から、運命の子を探しに――、この地へやってきた？」

だが、そのときだった。

玄関から物々しい音と罵声が響いてきたかと思うと、突然――バン‼　と、襖を蹴り破る音がした。それがバン、バン、バンと立て続き、

「カチコミだ！　播磨組の奴らが、仕掛けてきやがった！」

矢吹の叫び声が聞こえてくる。一斉に若い衆たちからも、

「迎え討て！　一人残らずやっちまえ‼」

「とっ捕まえろ！」

――などの声が上がる。

「えっ！　カチコミ？　今どき⁉」

「うわっ！」

幸功は反射的にユン・ランを小脇に抱えて立ち上がった。

その足でクローゼットへ向かい、扉を開くと中から木刀を取り出す。

そうして利き手のみで木刀を振り上げると、ヒュンと風を切って振り下ろした。

一瞬にして幸功の顔つきが変わる。

「ゆ、幸功？」

これにはユン・ランも驚いた。

この一振りだけを見ても、彼の太刀筋がいいのがわかった。

たとえメルヘンなお花畑で両手を広げて「ポチ～」と微笑んでもまったく違和感なく似合ってしまう幸功の目から、一切の甘さが消えた。これにはユン・ランも動揺を隠せない。

しかし、言うまでもなく、この家は極道一家だ。

一見穏やかな日常を送っているように見えても、争いごととは常に背中合わせ。

ましてや幸功はこの家の次男にして、組長の弟。いざ敵を前にすれば、狼国でのユン・ランの立場と同じだ。身を挺して仲間を守るという心構えがあるのだろう。

「ごめん、ポチ。よくわからないけど、奇襲だ。ひとまず安全なところへ隠すから。あ、白たちはどこだろう。みんなまとめて、守らなきゃ！」

とはいえ、幸功にも奇襲など初めてで、内心では慌てている。

だが、矢吹が発した組の名前は、この霧龍組だけでなく、昔から関東連合に属する組織ともめにもめている関西系の大組織のものだ。

きっと自分が知らないだけで、功盛たちと争い中だったのか、もしくは関東に縄張りを広げんがために、ここを潰しにきたのかもしれない。

「白！　黒！　赤茶！　どこ!?」

いずれにしても、今は応戦――相手を叩きのめすまでだ。

そのためにも、まずは子狼たちを安全なところへ隠さなければと思い、幸功は怒号が飛び交う屋敷の中で、子狼たちを探した。

（ユン・ラン様！　これはいったい何事ですか！）

「あ、白みっけ！」

と、ここで氷熊の部屋から飛び出してきた白――パイを見つけることができた。

幸功は躊躇うことなく、木刀を捨てて、代わりにパイを抱き上げる。

「え⁉」

突然、ユン・ランと共に抱えられて、驚くパイ。

「今はこのまま抱かれておけ。幸功とはぐれるよりは、護衛ができる」

「――あ、はい！」

だが、すぐに状況を察したのか、パイはユン・ランの言いつけに従った。

ユン・ランが普通に話しているので、パイもそれにつられてしまったが、幸功は周りに気を取られているからか、まったく気づいていない。

（奇襲してきた相手は、銃器類を持ち込んでいない？　振り回しているのは竹刀とか木刀だから、単なる威嚇とか？　それにしても、けっこうな年配者が交じってるんだけど、これって昭和のカチコミを懐かしんでやってみたってことじゃないよね？　うちのおじいち

ゃん連中も意気揚々と向き合ってるんだけど⁉）

だが、母屋を走り回る幸功は、不思議とどこからも殺気を感じなかった。

カチコミと言えば命のやりとりのはずなのに、緊迫感がなく、攻防している漢たちの様子も何かおかしい。

「オンオン！」

「ワン！」

「ええっ⁉」

その理由はすぐにわかった。幸功がぶち抜かれた襖をたどるように部屋から部屋へ移動、そして縁側へ出たところで屋敷中を大暴走している犬の群れを見たのだ。

それこそ大型犬から小型犬まで、成犬からよちよち歩きの子犬までもが何十匹と、だ。

「うわわわわっ！　なんなんです、この大量のわんこ！」

「あんっ」

「組長、四匹どころの騒ぎじゃねぇ！」

「おっ、おう？」

これには庭から縁側へ駆け上がった古門や氷熊、功盛も驚愕だ。

いきなり目の前を子犬たちがぽてぽて歩き、中には障子に向かってシーとやっている犬までいるので、怒りよりも混乱が先にきてしまっている。

するとと、上半身を荒縄で縛り上げられた獣医を連れた厳ついジジイが、お供の中年男性と共に立ちはだかった。

「何が保護動物専門のペットショップ&カフェや！　目の前に出されたテメェらのいい子ぶった店のせいで、商売あがったりや！　しっかも、うちらの真似して全国展開なんぞしやがって！　すでに五店舗も潰れたんやで！　おかげでブリーダー部門まで崩壊や！」

「けど、お前らには、ちょうどいいやろう。わしらが子狼をここにを押し込んだとかなんとか、わけのわからん言いがかりをつけてきやがって。ほれ。獣医を無傷で返してやるんや。代わりに、全部まとめて行き場のなくなったわんこを保護しいや！　心して里親を探せっ！」

着物姿で片肌をむき出しにしていたジジイには、色褪《いろあ》せた虎の入れ墨が入っていた。申し訳ないが、幸功には、老いた猫にしか見えない。

しかも、愚痴のような喧嘩口上の訳がわからなかった。

ただ、総じて霧龍組への腹いせだということはわかる。そして、きっと功盛はわざと先方の店の前に出店し続けていたんだろうな、とも。

「ふざけるな！　獣医を攫ったんなら普通に身代金を要求しろ！　こんなの嫌がらせにもほどがある！　お前ら完全に遊んでんだろう！」

「そもそもブリーダーが崩壊するまで犬を増やしてどうするんだよ！　お手上げになった

からって、うちに全部押しつけるな。お前らで里親探せ！　って、うわっ！」

それでも一気に庭に解き放たれた犬の群れは、人間たちの話など、待ってはくれない。特に成犬は狭いケージに入れられてストレスもたまっていたのか、走り回るだけでなく、人間たちに向かって「遊んで遊んで」と飛びかかってくる。どんなにきらきらと期待に満ちた目つきをしていても、大型犬に渾身《こんしん》の飛びかかりを食らったら、大の男・功盛でも倒される。

「組長っ！　どけ、あほ犬がっ！」

「犬はいい！　まずは人間だ‼　犬はあとで保護だ、先に人間を捕まえろ！」

「わ、わかりました！」

功盛は、真っ白で、もっふもふなグレート・ピレニーズの下敷きにされて、顔中をなめられても、犬に対しては保護を命じた。

「功盛殿！」

だが、ちょうど庭から走ってきたホンには、功盛が巨大な犬に襲われているようにしか見えなかったのだろう。

思わず言葉にして叫ぶが、同時に横っ腹から強い衝撃を受けて吹っ飛んだ。

突っ込んできた大型犬に撥《は》ね飛ばされたのだ。

それを見た幸功が、ユン・ランとパイの二匹を抱えたまま縁側から飛び降りる。

「来てはいけません、幸功様！」

フォンが叫んだときには、幸功は倒れたホンと共に、フォンをも抱き上げた。

気を高ぶらせた数頭の土佐犬が、四匹を抱えて立つ幸功を囲んで吠え始める。

（あ、狼だから⁉）

土佐犬たちからすれば、小さくても狼は危険な存在なのだろう。

しかも、土佐犬が吠えたことで、散らばっていた他の成犬たちが集まってくる。

「坊ちゃん‼」

「幸！」

今にも幸功に飛びかかりそうな犬たちを追い払おうと、氷熊や古門たちが次々と庭へ駆け下りる。

「オォォォォーン！」

一斉に人間たちが動いたことで興奮し、危機感を煽《あお》られたのか、土佐犬の一匹が戦闘開始を告げるように遠吠えをした。こうなると、飼い主に躾《しつ》けられてもいない犬たちは、野生のそれと変わらない。幸功目がけて飛びかかるが、同時にユン・ランたちも勢いよく腕から飛び出した。

「あ、ポチっ‼」

ユン・ランが先頭に立つ土佐犬のリーダー格に向かっていく。

しかも幸功の腕から離れるにつれて身体がぐんと大きくなり、土佐犬を地面に倒したときには、銀の成獣と化していた。

（無礼者！　犬ごときが、誰に向かって牙を剝く！）

ユン・ランの雄叫びと同時にパイ、ホン、フォンもそろって身体が大きくなっており、犬たちをなぎ倒していく。

白狼、黒狼、赤茶狼を従えた銀狼が、上弦の月に照らされ、神々しいまでの輝きを放つ。

「「「――‼」」」

これを見た功盛たちは声も出せずに、その場に立ち尽くした。

「ひっ！　ひぃぃぃっ‼」

播磨組の者たちは、身を翻して逃げる。

（逃がすか！　者ども、真の敵は奴らだ！　私と共に追え！）

だが、ここでパイが周りの犬たちに吠え、先陣を切って追いかけた。

すると、呼びかけられた犬たちは、今度は一斉に播磨組の男たちに飛びかかる。

また、これを受けて、男たちが右往左往逃げ惑うものだから、敷地内は阿鼻叫喚《あびきょうかん》だ。

否応なく功盛たちもこれに巻き込まれることになった。もはや敵も味方もない状態だ。

犬たちをおとなしくさせないことにはどうしようもない。

「保護だ保護！　誰か網でも紐《ひも》でも、使えそうなものをありったけ持ってこい‼」

「はい！　組長」

こんな事態になっても功盛は、暴れる犬たちを「やっちまえ」とは言わなかった。

（——あ、餌！　そうだ、おやつでおびき寄せれば！）

幸功も思いついて、いったん家の中へ戻ろうとする。

しかし、これを見ていたフォンが、ホンに目配せをして行動を起こす。

「ユン・ラン様！　今のうちにこちらへ！」

「何⁉」

「いいから、一緒に来てください‼」

「フォン！」

ホンと共に、強引にユン・ランをこの場から引き離すと、井戸のほうへと連れて行く。

「え、ちょっ！　ポチ！　赤茶？　黒！　どこへ行く気だ！」

焦った幸功が追いかける。

晴れた夜空には上弦の月。

だが、空を見上げたホンの目には、風で流される雲が映る。

「月が——。急いでください、ユン・ラン様！」

「ホン⁉」

二匹が慌ててユン・ランを井戸枠の上へと追い立てた。

「ポチに何してるんだ！　危な――‼」

見る間に井戸枠に立たされたユン・ランは、月光を背に、フォンたちにお尻を押されて井戸の中へ落とされる。

「ポチ！」

叫ぶと同時に、幸功が両手を枠へついて、井戸の中を覗き込む。

「幸功様、お許しを！」

「へ⁉」

同時に、二匹にお尻を押し上げられて、幸功も頭から中へと落ちていく。

（――っ‼）

井戸の中から音はしない。水しぶきが上がることもない。

そうして二人が孔へ落ちたことを確認すると、ホンがフォンの背を叩く。

「お前も行け、フォン！　私はパイ少佐と共にゆく！」

「必ずですよ‼」

短い会話のあとに、フォンが井戸の中へ飛び込んだ。

姿が消えた瞬間、井戸の中が暗くなる。月が、夜空に流れる雲で覆われたのだ。

「間に合っ――うっ！」

だが、ホンがフォンを見届けると、「坊ちゃん‼」という叫び声と同時に、力一杯払い飛ばされて地面へ転がる。

矢吹が井戸の中へ飛び込み、ザブンという音と共に、水しぶきを上げた。

そして、身を乗り出した古門が覗き込んだ。

「いない！　落ちたはずの坊ちゃんが、中にいません‼」

「よく探せ！」

悲鳴のように言葉が交わされる。ホンが身体を起こそうとすると、目の前には網でぐるぐる巻きにされたパイを手に立つ、氷熊がいた。

「どういうことだ？」

その横には、ホンに日本刀の刃先を向けて、乾いた笑みを浮かべる功盛がいたのだった。

＊＊＊

井戸へ落とされた幸功は、瞬間、両の瞼をギュッと閉じた。

自らプールへ飛び込むのとは違う。一瞬、恐怖で全身が緊張に囚われた。

（——身体が包まれている？　なんだろう、この感じ）

最近は師走の外気にさらされ、日によっては霜が降りるようになっていた。

家事の手伝いとして庭木に水をやるのに、幸功も幾度か井戸水をくみ上げている。

井戸水は、水道水とは比較にならない冷たさだ。

その記憶があるからこそ、幸功は咄嗟に緊張し、また本能的に身構えたのだ。

しかし、実際に落ちた先は、水の中ではなかった。

(初めてじゃない。俺は、この感覚を知っている)

暖かな空気のような、目には見えない何かに包み込まれて、うつらうつらするうちに、どこかへ運ばれていく。

(いつか、遠い昔に包まれた)

摩訶不思議な体感だが、嫌ではない。心地よくて穏やかで、優しい気持ちになれる。

〝幸!〟

〝幸功〟

〝坊ちゃん!〟

心から笑みを浮かべて幸功を抱きしめてくれた、愛してくれた家族からの、抱擁のようだった。

〝ポチ〟

しかし、初めてポチを胸に抱き上げたときに感じたものとは少し違った。

〝ポチ〟

友人とのやりとりで落ち込む幸功を心配し、差し伸べられた手のぬくもりとも、井戸の中で狼人となったユン・ランが、幸功に伸ばして触れてきた手のぬくもりとも、熱量が違うように感じたのだった。覚えのない熱がじんわり身体の奥から湧き上がってくるような。

そして——。

(どこかへ、着いたのだろうか？　もしかして、ここが異世界？　ポチの、ユン・ランの生まれ育ったところ？)

眠りに誘われるように一度はなくした意識が、回復してきた。

瞼は重く、すぐに開くことができなかったが、ユン・ランに横抱きされているらしいことは、体感としてわかった。

(——なんだか、いい匂いがする。それに、身体が揺られて気持ちがいい……)

二十歳の青年としては、標準範囲の体型だろうか？

背丈はともかく、体重は多少軽めかもしれないが、それでも健やかに育った青年だ。

それを軽々と抱き上げてしまうのだから、幸功は実際のユン・ランは氷熊のような体型なのかと考えた。

夢で見たような気がするのは、顔から肩にかけてまでだ。だから、きっとそうに違いない、と。

(また、眠くなってきた……。なんか、身体が……火照ってる？)

そんなことを考えながら、幸功は再び眠りに落ちていった。

少し癖のある銀色の髪を靡かせたユン・ランが孔から飛び出すと、辺りは薄暗く、夜が明ける前だった。続けて赤茶毛のフォンが帰還する。二人とも一糸まとわぬ狼人姿だ。

「お帰り、ユン！　待ってたぞ」

「――スウ」

「ただいま戻りました。スウ中尉」

ユン・ランが幸功を抱いて下り立ったとき、こちらに置いていかれたスウは待ちくたびれていたのか、旧狩猟小屋の古井戸を背に座り込んでいた。

しかも、ユン・ランが井戸へ飛び込んだときに着用していた着物の一部を抱きかかえてだ。それだけに、ユン・ランたちの姿を見ると、感極まったのだろう。

スウは、今にも泣きそうな顔をしながら、ユン・ランの背後に回った。そして、尻尾を腰へ巻くような形で陰部を隠すユン・ランの肩へ、紐付きの白い長襦袢《ながじゆばん》をかける。

「悪かったな。お前だけを残すことになって。ここで何日待たせた？」

「今日で八日かな？」

「そうか――。本当に申し訳なかった」

ユン・ランたちが人間界にいたのは、丸一週間。多少の時間差はあっても、片道の移動が半日程度と考えたら、両世界の時間は同じように流れている。

これがわかっただけでも、ユン・ランは安堵した。

「いや、いいよ。残れというのは、パイ少佐からの命令だったし。それよりユンたちが孔に消えてからしばらくして、この着物が放り出されてきてさ。最初、意味がわからなくて。誰にも相談ができないし、聞けないしで……うっぅぅぅ」

「――」

それは確かに、泣きたくもなるだろう。

ここで言われるまで、ユン・ランもフォンも、着物のことなど頭になかった。着いた先では、捨て子狼状態だったのだ。逆に言うなら、着物まで一緒に向こうへ放り出されていたら、功盛たちの驚きはあんなものではすまなかったはずだ。

「孔って――、何か意思を持った生き物なのでしょうか？　それも、我々のほうにだけ、影響を与える」

人間のまま、まるで変化のない幸功を見ながら、フォンが苦笑いを浮かべた。

と同時に、この場で自分だけが裸体でいることに気がつき、慌てて尻尾で前を隠す。

「あ、すまない。お前のもちゃんとある」

スウが持っていた襦袢の中から、フォンのぶんを選んで渡す。

「ありがとうございます！」

フォンは、すぐさま太腿《ふともも》までの紐付き襦袢を着込む。

だが、幸功を抱いているユン・ランは、肩からかけているだけだ。

スウが気を利かせて、旧狩猟小屋のほうへ手を向けた。持っているのが荷物なら、すぐにでも「俺が」と言うところだが、抱かれているのは人間だ。いずれは狼王后となる方かもしれないと思えば、ここは案内に立つので精一杯だ。

「とにかく、いったん小屋へ。ユンたちが、いつどういう状態で戻るかわからないから、一応ハンと一緒に手入れをしておいた。現役の狩猟小屋ほどではないが、十分使用できる」

「そうか。では――」

スウに促されて、ユン・ランたちは井戸の横に建つ、旧狩猟小屋の中へ入っていく。

木製の扉から中に入ると、石作りのかまどに調理場、シンクがあり、真新しい薪が置かれている。

また、中央には四人掛けのダイニングテーブルにチェア、三方の壁側には食器棚と三人掛けのソファーが二台置かれていて、右隅に設置されたカーテンの奥には続き部屋があるようだ。

現在使われている狩猟小屋と同じ作りをしているなら、続き部屋には狩りに使う道具や、補充された薪などがあるはずだ。つまり、作業部屋兼物置だ。

ユン・ランは、ひとまず三人掛けのソファーへ幸功を下ろした。

腰に巻きつけた尻尾を緩めると、長襦袢の前を合わせて、紐できつく縛る。

薄手の肌着を着込んだだけだが、それでも自然と背筋が伸びて、獣人姿に戻れたことにホッとした。肩にかかる長い銀の髪を無造作にかき上げるのも、子狼ではできない仕草の一つだ。

「今、お茶を淹《い》れるよ。お前も疲れているだろう。フォン」

スウが、寝ている幸功を気遣い、声を落とした。早速、かまどに火を入れる。

「あ、僕のぶんはいいです。すぐに城へ向かいたいので、お気持ちだけいただきます」

それに答えるフォンも、自然と小声になる。もう一台のソファーに並べられた着物の中から、自分のものを探し出して着込む。

太腿丈の襦袢に合わせた長さの着物に、短パン。足には膝下までの地下足袋を履いて、懐と帯に使い慣れた小刀を挿したところで、力強く尻尾を振った。

「今から城へ?」

しかし、フォンの言葉にユン・ランは驚いた。幸功を起こさないように気遣い、やはり声のトーンを抑えつつも、フォンに問う。彼がいつになく慌ただしいからだ。

「はい。まずは、シン・ラン様へご報告を。あとは、幸功様をお城へお連れするなら、何かしら乗り物があるほうがいいかと思いますので、その手配も」

「一緒に行けばいいではないか。使い鳥を城へ送れば、迎えのドラゴンをよこしてくれるだろう」

「いいえ。それはなりません。僕が行くのは、ユン・ラン様が幸功様に、このたびの目的を説明し、また運命を見極める時間を用意するためです。それに、当然、幸功様にも考える時間が必要でしょう。そして、場合によっては、軍の配備が必要かもしれません」

「――っ」

　フォンがすぐに行動を起こすことを決めたのは、ユン・ランに時間を作るためだ。元の姿となった今なら、幸功がオメガの血を引く者なのか判断できる。それにしても軍の配備とはどういうことか。

「本当ならば、あちらの世界で説明をし、承諾を得てからお連れするべきだったかと思います。ユン・ラン様も、そうされるおつもりでしたし――。ですが、あの状況ではこれが最善策でした。ヤクザや犬どもが襲ってくるような危険な場所へ、幸功様を置いておくわけにはいきませんでしたし。あのあと、警備が厳しくなっていたら、お連れすること自体が難しくなっていたはずです」

「フォン――」

　こちらへ来てしまった時点で、一番いいのは、このまま幸功をシン・ランのもとへ連れて行き、直接対面させることだとユン・ランは考えていた。

幸功が番となるべき運命の子なのかどうかは、シン・ラン自身に見極めてもらう。

向こうの世界へ行く前からそう考えていた。

それが誰にとっても、この国にとっても、間違いを避ける一番の方法だろうと信じていたからだ。

しかし、これはあくまでもユン・ランの考えだ。フォンは違う。

「すでに、幸功様がいなくなったことには、気づかれているはずです。必死に捜しておられるでしょう」

フォンは違う局面から捉え、先のことをよく考えていた。

「もし、井戸に落としたところを見られていたら、彼らは一丸となって取り返しにくるでしょう。功盛様たちから、我々がカチコミなるものをかけられるかもしれないということです。パイ少佐やホン大尉が未だ戻ってきていないのを考えると、むしろその可能性は高いでしょう」

ユン・ランが、シン・ランと幸功を中心に考えを巡らせていたとするなら、フォンはその逆だ。周りの人間が、これからどう動くのかを見据えている。

「そうなったら幸功様に仲裁していただくしかない。ただ、あの戦闘力が高そうなヤクザたちがいきなり暴れ出したら手がつけられません。念のために軍を配備しておく必要もあるでしょう。そんな大事に、狼王たるシン・ラン様に一言の報告もないまま、対応するには限界があると思うのです」

「それで、幸功の理解と納得は必要だ。シン・ランへの報告も忘れないということか」

「はい」

確認するように問いかけるユン・ランに、フォンが小声ながらも力強く答える。

しかし、それもそのはずだ。ユン・ランのみならず、フォン、パイ、ホンは、一週間とはいえ霧龍組で世話になり、語り合えないまでも心は通じ合ったのだ。

同じ釜の飯を食い、庭を走り、ときには一緒に風呂へ入って、就寝もした。

もちろん、これらはユン・ランたちが向こうの世界の情報集めをするためだった。

運命の子が人間界にいるという、神の告げを信じて行動した結果だ。

だが、それでも一週間も一緒にいれば情が湧く。

それぞれの人となりも見えてきて、信頼も芽生える。

黙って幸功を連れてくることになってしまったが、彼らと争いたいわけではない。都合のいい話だとはわかっていても、彼らとの関係は壊したくない。

それこそ幸功がシン・ランの番であるなら尚のこと、家族の理解を得た上で、狼国王家へ嫁いできてほしいと思うのだ。

「わかった。確かに、フォンの言うことはもっともだ。私は、功盛たちが追ってくることまでは、考えていなかった。幸功の属性を確かめ、その答えがいずれであっても、すぐに向こうへ戻ろう。功盛たちに説明をして誠心誠意詫び、許してもらおう」

シリリンが教えてくれた「落とし前」なるものを求められれば、そうしようと思った。

「我が身に代えてでもですか？」

「⁉」

しかし、今日のフォンは、いつにも増して容赦がない。

ユン・ランがあえて避けた言葉を見抜いて、ズケズケと言ってくる。

「やっぱり図星っ！　大前提としてユン・ラン様をこれ以上危険にさらすわけにはいかないんですよ。今は向こうに戻るわけにはいきません。カチコミをこちらで迎え討つならまだいいですけど。そのための軍の配備です！　ユン・ラン様にちょっとでも何かあれば、シン・ラン様は激怒ですよ。それこそ兵を挙げてカチコミです。犬たちの暴走どころじゃ済みません。シン・ラン様のブラコンを甘く見たら駄目ですからね」

「……すまない」

しかも、端から見たらシン・ランはブラコンなのだろうか？

確かに両親が早くに他界したぶん、大切にされてきた自覚はあるが――。

ユン・ランの声が、ますます小さくなる。

せっかく元の姿に戻ったというのに、耳が子狼のように垂れてくる。

これを見たフォンは、かなり満足げだ。

「では！　僕の考えは十分理解していただけたと思うので、ユン・ラン様は幸功様のことだけをお願いします」

「承知した。気をつけて参れよ」

「はい。遅くとも今夜のうちには迎えと共に戻って参りますので！　あ、スウ中尉。ちょっと、お願いがあるんですけど、よろしいでしょうか？」

改めてユン・ランに一礼をすると、出がけにスウを呼ぶ。

「ん？」

手招きをして、いったん二人で外へ出ていった。

扉が閉まるのを見届けると、ユン・ランの唇から「ふぅ」とため息が漏れる。

そのとき、扉の向こうからガタン！　と、音がした。

「っ、何をしている！」

出入り口の扉にはかんぬきがされて、錠らしきものがかけられた。

「――――っ!?　おい、フォン！　スウ！　どういうことだ!?」

さすがにこれには慌てて、ユン・ランが窓越しに二人を覗いて、声を荒らげた。

すると、両手を合わせて謝罪するスウを気にすることもなく、フォンがにっこり笑って言い放つ。

「ここからは説明と見極めと説得のための、お二人だけのお時間です。大事なことを言い忘れましたが、カチコミの仲裁、運命のお子としてシン・ラン様のところに行くかどうか。これらはすべて、幸功様の同意なくして、成り立ちませんから」

そしてこう続けた。

「あと、幸功様が夢に見続けたポチはきっとユン・ラン様であって、シン・ラン様ではありません。子狼の姿はみんな似ているのに、四匹のうちの誰が『ポチ』なのか、幸功様は少しも迷われませんでした。はじめからユン・ラン様だけを見ていたんですよ。そんな幸功様のお気持ちを無視したら、どのみち幸功様のご実家からのカチコミを受けることは間違いないので、くれぐれもよくお考えくださいね！　では、行ってきます！」

そうして今度こそ、フォンはその場から森の中へ走り去る。スウは最後まで申し訳なさそうにしていたが、すぐにユン・ランの視界から姿を消した。

フォンは一番年下だが、ユン・ランへの忠誠心は誰に勝るとも劣らない、いい部下だ。だが、カチコミの前に井戸で耳にした幸功の出生の秘密をユン・ランに話さないまま発ってしまった。それを知れば、ユン・ランは迷う余知なく、幸功をシン・ランの運命の子として城へ連れて行っていただろう。

単にどさくさで忘れたのか、あるいは意図的だったのか、フォンのみぞ知る、であった――。

「あいつ、はかったな」

残されたユン・ランは思わず口走る。そして身を翻すと、いったん呼吸を整えた。しばらく幸功の寝顔を見ながら唇を噛んでいたが、ふと思いついて続き部屋へ向かう。

(そうだ。確か――)

この旧狩猟小屋は、現在使われている新しい狩猟小屋とほぼ同じ作りになっている。そこでは作業場から外に抜ける裏口があった。

それも中からしか、かんぬきがかけられない仕様の扉だ。

ユン・ランはこれを外すと、扉が開くことを確認して、安堵する。

こんなところへ二人きりで閉じ込められて、万が一にも目覚めた幸功がヒートし、それに惹かれて発情してしまったら、どうしていいのかわからないからだ。

「――?」

しかし、見れば扉前の地面の上には、スウが普段から着物の懐へ挟んでいた手ぬぐいが置かれていた。これはユン・ランへのメッセージだ。

フォンがユン・ランに対して、幸功の気持ちを第一にと言い残したのに対し、スウはどこまでもユン・ランの判断に従うことを示したのだろう。

「……」

ユン・ランは、置かれていた手ぬぐいを拾い上げた。

そして、おそらくどこからか見ているだろうスウに向けて一振りすると、扉を閉める。

部屋へ戻っていくと、食器棚の隅にそれを置いて、先ほど火入れがされたかまどの中を確認する。途中で離れたためか、火は消えていた。

（……）

だが、それにもかかわらず、ユン・ランは身体の奥から火照りを感じ始めた。

――おかしい。

そう思うと同時に、ふっと背後に気配を覚えて、振り返る。

「ポチ……。もしかして、ユン・ラン？」

そこに立っていたのは、幸功だった。

いつの間にソファーから起きてきたのか、心なしか頰が赤く、つぶらな瞳は充血気味だ。

何より、あの特有の甘い匂いを全身から放っており、これに鼻孔をくすぐられると、ユン・ランの火照り始めていた身体が一気に熱くなった。

（まさか、ヒート！）

8　銀狼王子ユン・ランと運命の子幸功

（また、眠くなってきた……。なんだろう？　身体も……火照ってる？）

孔を通り、異世界へやってきた幸功は、ユン・ランの腕に抱かれているのを感じながら、再び眠りに囚われた。

〝孔って――〟

〝ユンたちが孔に消えてからしばらくして、この着物が放り出されてきてさ〟

眠りは浅かったのか、近くで誰かが話をしているのはわかった。

半分意識もあり、風邪で熱を出してぼんやりしているときの感覚に近い。

それでいて、明晰夢を見ている感じとも似ている気がする。

現実味のないことが続いているからかもしれない。

〝あとは、幸功様をお城へお連れするなら……〟

〝本当ならば、あちらで説明をし、承諾を得てからお連れするべきだったかと思います。ユン・ラン様も、そうされるおつもりでしたし――〟

いくつか耳に残る名前。

行き交う言葉から、わかる、ここにいる人数。

ユン・ランの他には、フォンとスウと呼ばれる者がいる。

そしてフォンの声には覚えがあった。

〝幸功様、お許しを！〟

背後から幸功を押して、井戸へ落としてきた赤茶毛の狼――赤茶だ。

じっと聞いていると、徐々に関係図が見えてくる。

白、黒、赤茶の狼を従えて異世界へやってきた銀狼・ユン・ラン。

彼らを見送り、この地に残ったらしいスウもユン・ランの仲間らしい。

――では、シン・ランとは？

察するに、ユン・ランの親族だろうと思われたが、幸功がぼんやりとした意識の中でわかったのはここまでだった。

〝ここからは説明と見極めと説得のための、お二人だけのお時間です。――幸功様が夢に見続けたポチはきっとユン・ラン様であって、シン・ラン様ではありません〟

(俺のポチ？　ユン・ラン？　これは夢？　現実？)

幸功が、寝かされたソファーで重い瞼を開いたときには、朝日が差し込み始めた部屋に、一人の男性だけが残っていた。

いるのは、石造りと木造を併せた小屋のようなところ。幸功が知る中では中国建築――秦《しん》王朝時代のものによく似ていた。

キッチンの様子や配置されている家具などを見ても、大分昔のもののようだが、一つ一つの作りが丁寧で高品質なのがわかる。

この世界に階級があるのかどうかはわからなくても、持ち主の地位が高いことだけは一目で理解ができた。

そしてそれは、そこにいる男性の後ろ姿からも容易に想像がつく。

(癖のある、けど流れるように艶やかな銀髪。ピンと立ったケモ耳に、白い……あれって長襦袢？ 立派な尻尾が出てるけど……どういう仕組みなのかな？ ここからだとわからないや)

幸功は磁石のプラスにマイナスが引かれるように、彼の側へ寄っていった。

足下がふわふわしていて、夢と現実の狭間にいるような浮遊感に包まれる。

――まだ夢を見ているのかもしれない。

ふと、そんな気持ちもよぎる。

(背が高い。てっきり氷熊みたいな感じかなって思ったのに、細マッチョだった。広い肩幅から引き締まった腰までのラインが羨ましい。そもそも腰の高さが俺とは違う。兄ちゃんのほうが、身体の厚みがあるかな――。なんにしても、彼がポチでいいんだよな？ 中華宮廷ドラマの俳優さんとかじゃないよな？)

幸功はいつになく熱心に観察した。

こうした思考が働くところは現実的だな――とも思う。

だが、いずれにしても目の前には、あの夜に見たケモ耳姿の男がいる。

自然と鼓動が高鳴る。

「ポチ……。もしかして、ユン・ラン？」

幸功は彼に声をかけた。側へ寄れば寄るほど身体の火照りを感じるが、それより先に好奇心から両手が出てしまった。ユン・ランが振り向くと同時に、襦袢の臀部《でんぶ》の尻尾を摑んでしまったのだ。

「――っ、何!?」

驚くと同時に尻尾に力が入り、振り払われる。

だが、長襦袢の腰紐部分から尻尾用の切れ込みのようなものがチラリと見えたので、異世界的な魔法で突き抜けているのではないことだけはわかった。

幸功としては、大満足だ。

ただし、突然尻尾を摑まれたユン・ランのほうは顔を真っ赤にしている。

「あ、ごめん！　つい、気になって」

謝罪を口にしつつも、もしかしたら下半身周りとして、普通は触ってはいけないところだったのだろうか？

そう思うと、急に幸功も恥ずかしくなった。

さすがに前を触りにいったわけではないが、自分の常識は世間の非常識、はままあることだ。

ましてや同じ世界の相手でもないし、と考えたら大失敗だったかもしれない。

そうでなくても火照っていた身体が、いっそう熱くなる。

「本当にごめん。痛かった？」

「いや、驚いただけだ」

「よかった。いや、よくないか！　失礼しました」

幸功はペコペコ頭を下げつつも、上目遣いでユン・ランの様子を窺った。

照れくささそうに視線を逸らす彼の輪郭がまた端整で、幸功は無意識のうちに双眸を見開いてしまう。

「……」

しかし、見れば見るほどユン・ランの顔は背けられていき、頬が赤らむ。

（やっぱり、他人が触ったら恥ずかしいところだったのかも。見せてるから触ってもいいってものじゃない？　あ、見せパンと同じ感覚なのか！）

幸功の尻尾に対しての概念が、微妙にずれていくが、仕方がない。

恥部としての思い込みがどんどん強くなり、自分も顔を背けると、すぐにでも話題を変えなければ！　と、焦る。

「あの、それで――。ここはどこ？　俺は、ユン・ランが井戸に落とされたから、慌ててそれを覗き込んだんだ。そうしたら、黒と赤茶が押してきて――、そのまま一緒に落ちてきちゃったみたいなんだけど。ここが、ユン・ランが言っていた異世界ってことなの？　狼国って言ってたっけ？」

　まずは説明を求める。

　そもそも、この話を始めたところで播磨組から奇襲を受けて、中断されたのだ。

「そうだ。突然、すまないことをした。だが、二人のことは許してやってほしい。彼らは私のために、使命感から幸功をここへ連れてこようとしただけなのだ」

　ユン・ランは答えながら、幸功から距離を取る。

　その行動自体に不自然なところはなく、かまどの側からソファーのほうへ歩いただけだ。

「うん。でも、どうして俺を？　確かユン・ランは、運命の子を探しにきたって言ってたよね？　そしたら、俺がその運命の子ってことなの？」

　仮に夢でも、突然こんなところへ来てしまった幸功からすれば、頼みの綱は彼しかいない。必然とあとをついて歩く。

「たとえば、伝説の剣を岩場から引き抜くとか、突然現れた魔物退治にかり出されるとか、そういう感じ？　正直言って、力業や加勢なら、俺だけでなく兄ちゃんたちを一緒に連れてきたほうが、間違いなく戦力になるよ。家には住み込みの五十人くらいしかいなかったけど、声をかけたら二、三百人くらいの若い衆がすぐに駆けつけるし」

こうして思いつくまま話してしまうのも、どこからともなく湧き起こる不安から気を逸らしたいがためだ。

それが言葉の中にも表れており、幸功は加勢に託《かこつ》けて、功盛たちも呼ぼうよ！　と提案している。だが、ユン・ランは足を止めることがない。幸功から離れようとしているふうにも見える。

「いや、そういうことではない」

「なら、どういうこと？　っていうか、ユン・ラン。俺のこと避けてる？　もう、尻尾には触らないよ。嫌なことだってわかったし」

それどころか、幸功が追えば追うほどそっけなく、顔さえ合わせてくれない。

「違うんだ。そういうことでもなくて――。これからすべてを話すが、その前に支度をさせてくれ。今、こうしているだけで、けっこう限界に近いのだ」

そうしてユン・ランは、続き部屋との仕切りになっているカーテンを乱暴に開閉すると、中へ入っていった。

「――支度？　限界？」

幸功には、何のことだか、さっぱりわからない。

しかし、それはユン・ランが戻ってきても同様だった。というか、さらに不可解になった。

「ユン・ラン？」

戻ってきたユン・ランの手には、両端に留め具がついた細長い麻紐があった。

近くのソファーへ腰を下ろすと、彼は数メートルはありそうなその麻紐を首に巻きつけ、そこから二の腕を含めた上半身へ巻きつけていく。

そして、両方の留め具同士を、腹部の前で引っかける。

さらに、懐から小さな南京錠を取り出し、結束部分を施錠すると、引き抜いた鍵を襦袢の合わせの中へ入れる。簡単には解けないようにしたのだ。

「――ユン・ラン⁉　ちょっ、何をしてるの？　それ、どういうプレ……っ」

思わず余計なことを言いかけて、幸功は自分で口を塞いだ。

すると、ユン・ランが、伏し目がちに言う。さっきから幸功とは目を合わそうとしない。

「すまない。これは、万が一にも、そなたに危害を加えないためだ。簡易だが、衝動の抑制にはなる。見苦しいかもしれないが、こうでもしないと、この距離でどこまで理性を保って話ができるか、自信がないのだ」

「……？」

麻紐の拘束は、ユン・ラン本人が装着したものなので、そこまできつくはない。言葉通り、せいぜい立ち上がることはできるが、手は出せない。その程度のものだ。

ただ、腕や上体を動かそうとすれば、麻紐が首を絞めることになる。

細い紐だけに、食い込んで肌を傷つけそうだ。

「話の途中で私が急変したら、そなたは続き部屋の裏口から表へ出ろ。声を上げれば、私の部下が飛んでくる。スウという者が、適切な対応を取ってくれるはずだ」

ここまでして、その上、ユン・ランは、幸功に逃げ道を示唆《しさ》する。

「意味が……、わからない」

そうとしか言いようがない。

幸功は、躊躇いながらも、ダイニングチェアを手にして、ユン・ランの前へ置いた。こうすれば面と向かって話ができる。

「本当に？　わからない振りをしているだけではないのか？　そなたの頬も、先ほどからずっと赤らんでいる。感じているのではないか？　理性を押しのけようとする、本能を。身体の奥底から湧き起こる欲——発情を」

すると、顔を背け続けていたユン・ランが、視線だけを流してきた。

「っ！」

瞬間、熟れた艶やかな雄の目に囚われ、幸功は背筋がぞくりとした。

同時に身体の火照りが強くなり、下肢がむずむずして、全身が疼《うず》く。

これまで、なんとなく、そわそわとするものを感じていたが、それが性欲的なものだとは、考えたくなかった。

目を逸らしたくて、あえて自身の中で否定していたのもある。

「――え？　これって。俺がユン・ランに――？　だから、さっきからこんなに身体が火照って……？」

だが、自らを拘束してまで、そのそわそわの正体を確認してきたユン・ランに、幸功は混乱した。

「そうしたら、俺って実は犬専？　どんな性癖？　確かに、これまで友人たちから聞く恋ばなとか、ときめかないな、って。だからって、同性に惹かれたこともないなって思ったことはあったけど。それって、そもそも俺の好みが人外だったってこと？　だから、ポチに会った瞬間、胸がきゅんってしたの？」

本人は、頭の中で自問自答をしていたつもりが、はっきり声に出てしまっていた。

なにしろ、二人の出会いは子犬ならぬ子狼と人間だ。

ユン・ランから見た幸功と、幸功から見たユン・ランでは、恋愛対象になるかそうでないかは大きく違う。

それでも夢にまで見たポチに会ったときには、特別なときめきを覚えたことを認めているのだから、ユン・ランからしたら複雑な心境だ。

（犬専？　狼人の姿の私より、ポチなのか？）

どちらもユン・ラン自身であるのに変わりはないが、何か腑に落ちないものを感じて、眉間に皺《しわ》が寄る。

「あ、ポチだけじゃないよ。ちゃんとユン・ランの顔っていうか、姿らしきものが見えた瞬間もキュン、ドキンってしたよ。だからって、近所で飼われてるイケメンなシェパードにときめいたことはないし、カッコいいなとは思っても、こういうキュンじゃなかったはず。ただの犬好きのレベル！」

しかも、ユン・ランの些細な表情の変化には気づくのに、フォローがフォローになっていない、残念の典型だった。近所のカッコいいお兄さんが引き合いに出されるならまだわかるが、イケメンなシェパードとは何事だろうか？

ユン・ランは感情のままに立ち上がりかけて「うっ」と声を漏らした。

「――っ、首にも腕にも麻紐が食い込んでる！　お願いだから、感情的にならないで。これは外そうよ。鍵を貸して」

幸功が慌ててユン・ランを座らせる。

そして、先ほど懐にしまわれた鍵を取ろうと、襦袢の合わせに手を向けた。

だが、これこそ身体をよじって拒まれる。

「私には触れるな！」

「ひっ！」

声を荒らげられて、幸功は肩をびくりと震わせる。

側から離れて、チェアに腰掛けるしかない。

「――すまない。とにかく、先に私の話を聞いてくれ。頼む」

うなだれるユン・ランのこめかみから、銀の長髪が流れ落ちる。

「は、はい」

幸功はこくりと頷いた。

そして、まずはユン・ランの話を聞くのに徹することにした。


ときおり深くため息をつきながら、ユン・ランは語った。

現在の王家の事情から、このたびの異世界行きまでを、ありのまま幸功に話してくれる。

最初幸功は、獣人世界や狼国での話を聞きながら、おとぎ話のようだと思った。

異世界と、自宅の井戸が繋がっていたこともファンタジーだが、自分が幼い頃から見てきたポチの夢を考えると、実はこれも夢なのかもしれないとさえ思えた。

ただ、運命の子の話に触れ、ユン・ランがなぜこの場で己を拘束したのかという話になると、幸功はだんだんムッとしてくる。

同じ部屋にいるだけで感じていた身体の色めいた火照りや疼きが、いつしか別の感情からの発熱、また震えになってきていたのだ。

「……そう、なんだ」

幸功は始め、俯きがちに顔を逸らし、目を合わせようとしないユン・ランの顔をじっと見ていた。

しかし、話を聞き終えた幸功は、自分もユン・ランから顔を背けて、視線も食器棚のほうへ向けている。声色にも怒りが滲《にじ》み、相づちを打ちながら「ふ〜ん」と漏らしたときには完全に目が据わっていた。

「それでユン・ランは、自分をそんなふうに拘束したんだ。俺と一緒にいると、自分の理性や気持ちとは関係なく発情してしまうから。俺がオメガだっていうだけで、アルファであるユン・ランは、交尾をしたくなるから」

「それは違う」

怒りを隠すことのない幸功の様子に気づき、ユン・ランが顔を上げた。同時に細い麻紐が首に食い込む。

「何が違うんだよ。運命とか血とか聞こえのいいことを言ってるけど。結局、オメガなら誰でもいいんだろう。別に俺でなくても、アルファをその気にさせるオメガなら、兄ちゃんや氷熊、古門さんや矢吹でも。なんならカチコミしてきた連中でも！　性別も関係ないっぽいし、本当になんでもいいんじゃないか‼」

だが、今の幸功は、奇襲時に木刀を手にしたときの彼そのものだった。いつの間にか腰を掛けたチェアで足を組み、自身の腿を二度、三度叩きながら声を荒らげる。

これに対してユン・ランは、感情のままに立ち上がった。彼の足下に鍵が落ちる。

「違う！　そんなことはない！　私は幸功だから、恐れているんだ。自分には覚えがない衝動だから、何をするかわからない。どんなふうに幸功を求めて、傷つけてしまうかもわからないから、こうしてできる限りのことをしているんだ」

巻いた麻紐が食い込むが、誤解を解きたい一心から思いを口にする。しかし、取りつく島がない。

「でも、狼王様になら、俺がどんなことをされてもいいんでしょう。ユン・ランがしてしまうかもしれないって恐れているようなことでも」

「――っ」

フッと鼻で笑って言い放たれた言葉に、ユン・ランは絶句し、息を呑む。

「今だって、そうだよ。俺が大事だから我慢しなきゃってことじゃなく。万が一にも、狼王様への貢ぎ物に傷をつけたら取り返しがつかないとか、大事になるとか。自分の使命が全うできないとか。そういうことだろう」

幸功が言うのはもっともだった。

感情の上では「違う」と言える。しかし、ユン・ランが実際に起こした行動は、幸功が発した言葉のままだ。何一つ否定も言い訳もできない。

そんなユン・ランを、座ったまま見上げる幸功は、顔色一つ変えずに尚も言い放つ。

「なぜなら、王弟ユン・ランの望みは、狼王が無事にオメガの嫁を迎えて、子作りに励んで。それでお世継ぎの次世代アルファが生まれて、狼国の未来が安泰、ってなることだ。ずっと、ずっとポチを待ち続けていた、会えて心から喜んだ俺の気持ちなんて、どうでもいいんだから」

「違う‼」

何かを考える前に、感情が動く。そのたびに麻紐が首に、そして腕に食い込むが、まっすぐにユン・ランを見上げる幸功の眼差しは微動だにしない。

「違わない！　だって、ユン・ランは王子様だ。それも狼国と狼王様に一生を捧げる覚悟が心身に染み渡っている、忠義の銀狼だ」

そうして幸功は視線をユン・ランの足下へ向けると、利き手を伸ばした。先ほどユン・ランが落とした鍵を拾い、立ち上がって南京錠を外す。

「幸功っ⁉」

咄嗟にユン・ランが身を引くが幸功はそれを許さず、麻紐が繋がれていた留め金も外した。

すると、緩んだ麻紐がユン・ランの上体を解放する。

もはや、最初に首へ巻きつけられたぶんが垂れ下がっているだけだ。

「そんな高尚で自尊心の高い王子様が、オメガの誘惑ごときに負けるわけがない。理性が本能に食い破られるなんてことは、ないんだろう。ほら、俺を狼王様のところへ連れて行きなよ。もう、俺がオメガだってことは、わかったんだから」

幸功は挑発するような言葉を続けた。

「ついでに一つ、いいことを教えてあげる。俺は、捨て子だ。生まれて間もない頃に井戸の側に捨てられていたのを兄ちゃんが見つけて拾ってくれた。俺はあの家の実子として育てられた。だから、この世界から人間界へ捨てられたって可能性もある。そう考えたら、神様のお告げは当たっているのかもしれないね」

「――な、なんだって⁉」

思いがけない告白に、ユン・ランが驚く。

この話を霧龍組の井戸のところで聞いていたのはホンとフォンだけだった。そしてフォンはそれをユン・ランに告げずにシン・ランのもとに発ってしまった。

「最初の夜に話しただろう。俺は、中学に上がる頃まで、実家がヤクザって、どういうことなのか、よくわかっていなかったって。けど、兄ちゃんはそのことに気づいたときに、本当のことを教えてくれたんだ。今ならまだ一般人に戻ることができる。実際に血は繋がっていないんだから、霧龍組から離れて、普通の子供として育ち、ヤクザとは無縁の世界で大人になることもできるようにしてやれるから——って」

目つきの鋭かった幸功がユン・ランに向かってふっと微笑んだ。

そうして、どこかで「幸功は自分の運命の子かもしれない」と思っていたユン・ランに、自分はシン・ランの運命の子である可能性のほうが高いことを、はっきりと告げた。

「でも、俺は——兄ちゃんの弟でいたかった。両親の子供でいたかった。みんなと家族でいたかった。家から出て、自分だけが他人になるなんて、考えられなかった。だから、俺は一生霧生幸功として生きることを決めた。ちゃんと、その意味を理解して、実家が持つ意味も、宿命も受け入れたんだ」

だが、それは、幸功にとっては、自分の選択こそが運命だとユン・ランに伝えるためだった。自分自身が納得して、選んで、受け入れた人生に比べたら、神や王やその他誰でも、他人に語られる運命など自分にとっては何でもないものだ。そう伝えるためだった。

「だから、俺は霧龍組組長・功盛の弟だ。万が一にも兄に何かが起これば、代わりに先頭立つ覚悟はできている。ユン・ランが本能に負けないように、俺だってこんなムラムラする気分なんかに負けない。ましてや会ったこともない狼王に子作りを強いられて、子狼を産むなんてまっぴらだ！」

そうして、激しく憤る幸功を落ち着かせようとユン・ランが手を伸ばしても、力一杯弾いた。ただ、こうして気丈な姿勢を貫く幸功だが、その目に映るユン・ランの姿は、すでに涙で歪《ゆが》み始めている。

「連れて行くなら、大事な主の首を取られるくらいの覚悟はしておけ！　どんな運命の下に生まれていたとしても俺は俺だ！　ポチが、ユン・ランだけが大好きな俺――っ」

するとユン・ランは弾かれた手を、そのまま幸功の肩に回し、抱き寄せた。そして、首に巻きついたたままの麻紐の片方を手にして、幸功に握らせる。

「首なら私のものを取れ。さすれば、この先何も見ずに済む」

「ユン・ラン⁉」

突然のことに焦る幸功の手に手を重ねて、麻紐を引かせる。

麻紐は、首に食い込み、絞まっていく。

「すべてを知った上で兄を裏切る自分も、生まれながらに課せられた使命を投げ出す自分も、見なくて済む。何より、いつかそなたが心を込めてシン・ランの名を呼ぶ姿も見ずに、そして声も聞かずに済むからな」

幸功に麻紐を引かせれば引かせるほど、首が絞まり、摩擦で皮膚がこすれて傷ついていく。それでも彼は、ここで清々しいまでの笑みを浮かべた。

自分の思いをごまかし、目をつむり。責務に心を捧げて一生悔いるよりは、いかほどましかと知ったのだろう。

「ユン・ラン‼」

幸功は力任せに手を開き、どうにか麻紐を離そうとした。

しかし、それ以上の力でユン・ランに握り込まれて、どうすることもできない。

せめてと思い、彼に麻紐を引かせないよう、幸功は利き手に力を込める。

「あの夜、そなたの口から〝シン《信》〟の名が漏れたときに、私の心に波が立った。そのことに自分で驚き、戸惑った」

幸功を見つめる瑠璃色の瞳には、彼を傷つけないようにあがく幸功の姿が、映り込んでいた。そして、そんな幸功の黒い瞳には、ユン・ランの儚《はかな》げな笑みが映っている。

「だが、今ならあの感情がなんだったのかがわかる。どんなに愛する兄であっても、そなたと並ぶ姿は見たくない。ましてや一番近くで、一生見守り続けることなど耐えられそうにない。私の中に生まれて初めて芽生えた、嫉妬だったのだ」

ここで突然ユン・ランが、幸功の肩を抱く手に力を入れてきた。

いっそう強く、自分のほうへ引き寄せる。

「っ⁉」

「好きだ、幸功。愛している。たとえ運命に逆らうことになっても、私はそなたを誰にも渡したくない。私だけのものにしたい」

瑠璃色の瞳を近づけ、ユン・ランが幸功に口づけてくる。

(――っ、ユン・ラン)

それは顔を覗き込まれてからの一瞬の出来事だったのに、なぜか幸功の目には、コマ送りのように見えた。

ドクン。ドクン。ドクン。

高鳴る心音と共にユン・ランの唇が徐々に近づき、幸功のそれに合わされる。

瑠璃色の瞳に映った幸功の表情は、終始驚くばかりだった。

それでも唇が触れたときには、驚喜となっていたように思う。

「いい?」

「――ん」

吐息交じりの問いに、幸功はこくりと頷いて答えた。

つい数分前までは、この世で自分の気持ちを一番わかってくれない、遠くて憎い相手だと感じていた。

しかし、自分の気持ちを受け入れてくれたとわかったときには、幸功はユン・ランからの告白や抱擁、ましてや口づけに、もはやなんら抵抗がなかった。

これがどういうことなのか、幸功にはよくわからない、アルファを求めるオメガの血――単に本能によるものなのか?

それとも夢という前触れを経て、出会ったばかりで夢中になった相手、互いに惹かれ合った、運命の相手だったのか?

いずれにしても、一度火がついてしまった身体は、歯止めが利かない。

ユン・ランがあれほどまでに恐れていた自身の発情は、幸功にだってある。

それは、衣類越しに膨らみ始めたユン・ランの欲望を感じて、幸功自身も膨らみ始めたことが物語っていた。

まるで、互いに誘発し、挑発し合っているようだ。

（――なんだろう？　この感覚。急に、刺激がほしくなってきた。ユン・ランのことが、さっきまでとは違う次元で魅力的に見える。それに、媚薬《びやく》かと思うような、甘い香りも漂っている？）

二十歳を迎えている幸功だけに、成長の過程で自慰は覚えた。

しかし、生理的にこみ上げてくる欲求と、今感じている欲求は、何かが違った。

今この瞬間に一人ではないことが、一番の違いだろうか？

やはり、慰めるのと愛し合うのでは、何もかもが違うのだろう。

「幸功」

ユン・ランは、初めてにしては長かったキスから唇を離すと、幸功を横抱きにした。そして、目の前のソファーへ下ろすと、横へ座って、幸功の衣類に手をかける。

普段の家着姿のままこちらへ来ることになった幸功は、いつものようにジーンズにシャツにパーカーというラフな格好だった。

前開きなのはジーンズと中に着ていたシャツぐらいで、ユン・ランはパーカーに手をかけて、少し戸惑っている。

だが、一週間も寝起きを共にしただけあり、着脱の仕方は理解していた。

幸功は、ユン・ランにパーカーの裾をたくし上げられると、幼児の着替えのように腕を上げて、上着を脱がされる。すぐに彼の手がシャツにかかる。

（ユン・ラン――）

ふと、未だ彼の首に巻きついている麻紐が目についた。

幸功はそれに手を伸ばすと、これ以上彼に擦り傷などができないように、ゆっくりと外して、床へ落とす。

それでも首や胸元には、擦れた痕が残っている。

これらはすべてユン・ランが幸功への思いに揺れ惑い、覚悟を決めるに至った証だ。

ユン・ランの見た目によらない不器用さと真摯さが垣間見え、また痛々しさのぶんだけ愛おしさが増してくる。

「幸功……っ」

「あっ」

幸功の視線と意識が逸れたのは、ほんのわずかな時間だった。

しかし、その間にシャツの前は開けられ、ズボンの前は寛げられて、ユン・ランの手により一枚一枚床へ落とされている。

衣類や下着をすべてはがされてしまうと、幸功はゆっくりソファーへ押し倒された。

額や頬にキスをしながら、ユン・ランが覆い被さってくる。

自然と肌に、そして手に触る長い銀髪が、ひんやりしていて心地よい。

「あっ……っ」

ふと、瞼を閉じたところで、ユン・ランの利き手が幸功の欲望を握りしめてきた。

「よかった。幸功もちゃんと、私をほしがっている――」

そう言った唇が首筋から鎖骨へ、胸元へと這いながら、幸功の全身を愛おしむように愛《あい》撫《ぶ》していく。

そして、なだらかな胸元の突起を唇が吸い、濡《ぬ》れた舌が絡みついたところで、幸功は握りしめられていた自身をゆるゆるとしごかれた。

「あんっ……っ。ユン・ランっ。駄目だよ……っ。そんな、一度になんて……っ」

いつになく刺激をほしがっていただけに、幸功はすぐに達してしまいそうだった。

あまりにあっけなくイクのも恥ずかしいが、こんなときばかりは心と身体は別ものだ。

そんなつもりもないのに、甘えた声が漏れたと同時に、身体が勝手にのけぞった。

背筋からつま先までもがしびれて、ユン・ランの手中で達してしまう。

（あっ……んっ！）

自分ではない誰かに触れられ、愛される悦びは、幸功に想像さえしていなかった絶頂感を与えてくれた。が、そのために、愛してくれたユン・ランの手を汚してしまったことが申し訳なくて、幸功は身を固くする。

「……ご……めん。ユン・ラン」

肩で息をしながら、声を絞り出す。

ユン・ランはクスッと笑った。

(……あ)

眉をひそめた幸功の額にキスをしてくれる。

「いいんだよ、幸功。先に、少しでも――。幸功には、ここで私を受け入れてもらう。きっと、こんなはずじゃなかったって思うくらい、ひどくするかもしれないから」

そして、幸功のもので濡れた掌を下肢の奥へ潜らせ、指の先が当たった途端に固くしまった密部を探ってきた。

花のつぼみをほぐすように、指の先でいじられる。

幸功はこれだけでも、また声が出そうになった。

しかし、ユン・ランは、いきなり中まで探ることはしない。

静かに入り口から、ゆっくり進めてくれる。

欲情し始めたのは、ユン・ランのほうが先だった。すぐにでも自身を幸功の中へ納めたい、二人の身体を繋げたいだろうに、ユン・ランはそれをしない。

今、この瞬間さえ、見えない麻縄で自分の欲望を縛っているようだ。

「んっ……っ」

（あ……、耳が）

そうして幸功に愛撫を施していると、時折耳がヒクヒクと動く。

また、重なり合う下肢で、彼の欲望がいっそう熱く固くなると、それをごまかすように尻尾が左右に揺れる。

（ユン・ラン）

そのすべてが、欲望に任せて無茶をしないようにという、彼なりの抑制なのだろう。

だが、こうした仕草がチラチラと見えるのが、幸功にとってはたまらない。

本当ならば、どれほど緊張していても不思議がない状況なのに、気が抜ける。

許されるなら、今一度あの尻尾をぎゅっと握ってみたくなる。

（可愛い）

幸功は、自らユン・ランの背に回していた手で、尻尾に触れた。

「——っ」

やはり、刺激を受けるようだ。ユン・ランが驚いて幸功の顔を見てくる。

「もう、いいよ。平気だよ……たぶん」

思いきって、口にした。

「……っ、幸功」

ふっと、ユン・ランが微笑む。そうして、「そうか」と言って上体を起こす。

その場で膝立ちをして、きつく縛っていた長襦袢の腰紐を外した。

美しい筋肉でパーフェクトに見えるのは、後ろ姿だけではなかった。

長い銀髪が、より彼の肉体を輝かせて見せる。

(ユン・ラン……)

ユン・ランが再びのしかかってくると、幸功は、為されるがままに身を任せた。

「幸功」

大胆に脚を開かれ、潤んだつぼみを彼自身で探られて。

(ひっ――っ！)

一瞬、身体に杭《くい》を打ち込まれたかと思うような圧迫を、腹部だけでなく全身で感じたが、

それでも彼が満たされることを望んで、幸功は身を任せ続けた。

＊＊＊

幼い頃からの愛着と彼の魅力に流され、さらには本能に背を押されて、幸功はユン・ラ

ンと結ばれた。それは心だけでなく、肉体的にもはっきりとわかる繋がりだ。

「あんっ……っ、んんっ」

「幸功——っ。幸っ……っ」

恋人いない歴が年齢だった幸功だけに、実際の交際や性交がどういうものなのかは、周りからの見聞き程度の知識しかない。

当然、これは初めての行為だ。

(うそっ……。こんな——。ひっ‼)

最初は無我夢中だった。

彼を受け入れ、受け止めることで精一杯だったから、そのことだけに集中した。

彼が時折漏らす艶やかな声、強く腰を打ちつけるたびに触れる尻尾、幸功の様子を気にするときに小さく動く両の耳。

何もかもが愛おしくて、これらを手にしている自分が、誇らしいほどだった。

「ユン・ラン……っ」

だからこそ、幸功は初めて感じる腹部への圧迫や、挿入された内部のこすり上げられる痛みにも耐えられた。行為そのものは刺激的で、欲情もいっそう高まった。

身体の奥からユン・ランを求めていたし、何より一人では得られない快感に心身を満た

されたことは紛れもない事実だ。

いつの間にか幸功は、意識を失っていた。

気怠さの中で目が覚めたときには、ソファーに寝かされ、長襦袢をかけられていた。

瞼を開いて最初に目についた天井を見ながら、ふと思う。

(お尻が痛い。それになんか、一つになってからが、異常に長くなかったか？　それとも、こういうものなのか？　それに、よく考えたら、俺はユン・ランのお兄さん、狼王様のお世継ぎを産むために探し出されて、ここへ連れてこられたんだよな？　さっきは勢いから〝交尾〟とか言っちゃったけど、あながち間違っていなかったらどうしよう。まさか、この一回で俺がユン・ランの子を身籠もることはないと思うけど。そもそも生物学的に言って——どうなの？)

幸功は、今になって変なことを考えてしまった。また恥ずかしくなってくる。

(それにしても——。目が覚めたら自分のベッドでしたってわけじゃないから、夢じゃないんだよな？)

どれほどの時間が経ったのかはわからないが、窓から差し込む日差しを見る限り、それなりの時間が経過したようだ。

辺りを見回すと、毛色と同じ色の着物に長い丈の袖なし羽織を重ねて着込み、太めのベルトを締めたユン・ランが、たすき掛けをしてキッチンの前に立っている。

ここでは地下足袋のようなものが靴らしい。これならば着物であっても動きやすそうだ。石作りのかまどには火が入り、かけられた鍋の中では、食事が作られているようだった。しかも、鍋から漂う匂いには覚えがあった。

（あ、漢方粉末の匂いと似てる。こっちにも同じようなものがあるのかな？　もしかして、それでポチたちは喜んで食べてくれていたのかな？　ユン・ランの尻尾が、ご機嫌そうに揺れてるし。あ……）

「？」

ついジッと見てしまったからだろうか、ユン・ランが振り向く。

「目が覚めたか？」

「――うん」

優しい微笑みで問われて、幸功は頷いた。

かけられていた長襦袢を握りしめて、気怠い身体を起こすが、そこでお腹が鳴った。どんなときでも身体は正直なようだ。思わず「痛っ」と口走ってしまったが、この空腹の合図でごまかすこともできた。

「材料が限られていたので、具だくさんの粥になってしまったが。食べるか？」

「うん。食べる」

いろいろな恥ずかしさで頬を染めた幸功に、ユン・ランは食事を勧めてきた。ソファーの隅に洋服がたたまれていたのを見つけ、それを着てテーブルへ移動する。

そうして、碗によそられた具だくさんの粥を前に、二人で向き合って「いただきます」と声を発した。

聞いた話以外にも、もっと知りたいことがたくさんあったが、今はできたての粥を「ふー」と冷ましながら、頬張るのが最優先だ。匂いだけでなく、味も幸功が作った健康粥と似ている。外国ならまだしも、異世界まで来て同じようなものが食べられることが不思議だったが、安心して口に運べるのは、ありがたいことだ。

きっとユン・ランたちも、幸功が出した食事を同じように思ったことだろう。

「食べたら移動の準備をする。夜までにはフォンが迎えにくる」

そうして先に食べ終えたユン・ランが席を立つと、食器を片付け始めた。

幸功は視線で彼を追う。

「迎え？」

「長らく城を空けていた。シン・ランにいろいろと報告をしなければならない。幸功のことも、まずは紹介しないと」

「あ……。そうか。狼王様っていう以前に、ユン・ランのお兄さんだもんね。俺もきちんと挨拶をしなきゃ」

幸功は、改めてシン・ランの名を聞くと、今度こそ氷熊のようなガチムチな狼王を想像した。

「我が兄は、そなたも会えば必ず惹かれる男だ。それだけ素晴らしく、また誇らしい自慢の兄にして光り輝く金の狼王だ。出会いの順番が違えば、そなたのポチは、きっと兄だっただろう」

　ユン・ランがシンクに立ち、シン・ランのことを話す。食器を洗いながら、ふと窓の外を見る。幸功が功盛を自慢に思い、好きなように、ユン・ランもまた兄のシン・ランに対して、特別に強い思いがあるのだろう。

　しかし、だからといって今の言葉は聞き捨てならない。

　幸功は食べ終えた食器を手に、席を立つ。

　シンクに向かい、ユン・ランの隣へ移動をすると、一緒に洗い始めた。

「そうやって俺の思いを勝手に決めないで。確かにユン・ランのお兄さんなら、素晴らしいだろうと思うよ。見た目も、中身も、性格も。けど、それでも俺のポチはユン・ランだけだ。成獣になっても、こうして獣人になっても、自分から求めるのも、ユン・ランただ一人だよ」

　責めるわけではないが、自分の思いをはっきりと告げる。

「そうか。そうだな――。すまない。いらぬことを言った」

　ユン・ランはすぐにハッとし、謝罪をしてくれた。

だが、そんなときだった。

――ドンドンドン！　ドンドンドン！

続き部屋のほうから忙しく扉を叩く音がした。

「ユン！　ユン‼」

ユン・ランを呼ぶ声もする。

「スウ？」

ユン・ランはシンクを離れて、続き部屋へ向かう。

幸功も洗い終えた食器を急いで調理台に伏せて、あとを追う。

内側からかけたかんぬきを外して扉を開くと、そこには血相を変えたスウがいた。

「どうかしたのか？」

「今すぐ幸功様と逃げろ！　城から兵が送られてくる！」

片手にはハヤブサを抱えており、もう片方の手で赤茶色の手ぬぐいを差し出す。どうやら手紙の代わりらしい。

ユン・ランは折りたたまれた手ぬぐいを受け取ると、すぐに開いて目を通す。

（血痕？）

それを見ていた幸功が目を凝らす。地の色と似たような色なので断言できなかったが、赤黒い血の跡がついているように見えたのだ。

「これは――‼」

ユン・ランの顔つきが変わった。

「どうやらフォンがユンと幸功様のことで、シン・ラン様にお情けを願ったようだ。だが、城ではこれを第一級の国家反逆罪と判断した。すぐにでもユンたちを捕らえよと命じられた飛行兵団が、こちらへ向かっている」

「私たち？　幸功まで捕らえるというのか？　それも第一級の反逆罪でだと⁉」

ユン・ランが怒りに声を荒らげる。

まるで天国から地獄のような展開だ。罪状を聞いただけでも、ただごとではない。

（ただ、自分の気持ちに素直に。忠実になって愛する者同士が向き合っただけなのに？これが兄を、ユン・ランが狼王を裏切った罪なの？　代償なの？　そもそも俺は、何も知らずに、ここへ連れてこられたっていうのに？　シン・ランの顔さえ知らないのに？）

幸功にとっては、ただの言いがかりとしか思えない。

こんなのは理不尽以前の問題だ。

「どうして、いきなりそんな判断が下されたのかは、わからない。けど、フォンは城ではと書いているし、判断したのはシン・ラン様ではなく、側近や神官たちではないかと思う。ただ、これだけでは、あまりに状況がわからない。だから、とにかくいっとき身を隠せ。その間に、詳しいことを調べるから」

スウがユン・ランと幸功を急き立てる。

しかし、ユン・ランは両の耳をピンと立てて、首を振った。

「――いや。その余裕はなさそうだ。すでに奴らは近くまで来ている。ドラゴンが三体……、いや五体は飛ばしてきているか？　たかが二人の罪人を捕らえるのに、ずいぶん豪勢なことだ」

言うと同時に壁に向かい、掛けられていた剣を取った。

そして、幸功の側まで戻ってくると、肩を摑んでスウのほうへ押し出す。

「幸功を頼む。奴らは私が引きつけるから、お前は今すぐ幸功を連れて、身を隠せ。そして、夜空に月が上り次第、幸功を元の世界へ帰すのだ。それがどこより安全だ」

「なら、俺が行く！　ユンは幸功様と一緒に異世界へ！」

スウがそう言うが、ユン・ランは険しい顔つきで小屋を出る。

手にフォンからの手ぬぐいを握りしめると、

「そういうわけにはいくまい。今のシン・ランの思いもわからぬまま――。何よりフォンは私の部下だ。それも私のために――、この目で無事を確かめないわけにはいかぬ！」

口角をわずかに上げて一笑した。

幸功に向かい「すまなかった」と言葉を残して、走り飛ぶようにして裏口から出て表に回る。

あっという間に森の中へ姿を消していくその動きは、まるで成獣——銀狼のようだ。

「ユン——、ゆけ、ハヤブサ‼　お前は最後まで主の側に寄り添うんだ！」

慌ててスウが、抱えていた鳥を空へ放つ。

ハヤブサは言われるまま大空へ飛び立ち、空からユン・ランのあとを追う。

「待って、ユン・ラン！　どうして俺を置いていくんだよ！」

「幸功様！　今はユンの言うことを！　どうか、こちらへ‼」

咄嗟に幸功もあとを追って小屋を出るが、すぐにスウに阻まれた。

しかも、言っている側から、かん高く鳴く鳥の声が聞こえてくる。

同時に、幸功が聞いたこともない怒号のような鳴き声が聞こえ、西の空が赤く光った。

ドラゴンだろうか？

浮かび上がったシルエットと共に、幾度も閃光《せんこう》が走り、ユン・ランと飛行兵団の攻防が始まったことがわかる。

たった一人と一羽のハヤブサで、五体ものドラゴンと対峙《たいじ》する。

しかも、そのドラゴンを操る兵団員がどれほどいるのか、幸功には想像さえつかない。

幸功は感情が高ぶると同時に、全力でスウの手を振りほどく。

「嫌だよ！　どうしてユン・ランが⁉　ユン・ランを口説いたのは俺なのに。ユン・ランにシン・ランを裏切らせたのは、俺なの——ぐっ」

そして、勢いのままユン・ランのもとへ向かおうとしたが、またスウに阻まれた。

腹部に当て身を食らい、幸功は膝からくずおれていく。

それを受け止め、申し訳なさそうに抱き上げるスウ。

「ご無礼をお許しください、幸功様。ユンは、俺たちが必ず救出します。俺たち四天狼が。ユン・ラン派国防軍が――」

しかし、幸功を連れて身を隠そうとしたそのときだ。

突然、古井戸から黒い物体が飛び出した。

「ひっ――⁉」

見れば、首輪をはめられた黒狼のホンだった。続いて現れたのは、ホンのリードを手にした着流し姿の男性で、もう一方の手には日本刀が握りしめられている。しかも、古井戸の中から飛び出してきたのは、彼らだけではない。

「いよっと！」

「到着‼」

次々と武器を手にした者たちが現れた。

「……パンダ？　ペンギン？」

この時点で、スウの理解の範疇《はんちゅう》を超えた。幸功を抱えたまま、今度は自分が膝からくずおれてしまうが、古井戸からは続々とケモ耳の多種の獣人たちが出てくる。犬耳、猫耳、

うさ耳——そして、普通の人間も。

「んっ……っ？」

おかしな気配が刺激を与えたのか、幸功の薄れかけた意識が戻る。

瞼を開いて最初に目にしたのは、着流し姿の男性だ。

「兄ちゃん！」

「——幸功！　無事だったか‼」

その声に反応した功盛が振り返る。

幸功は、あまりに突然のことが続きすぎて、感情を整理する前に声を上げた。

「兄ちゃん、ユン・ランが！　ユン・ランがっ！」

まるで子供に返ったように、その場でわんわんと泣き始めてしまった。

9　異世界からの助っ人たち

何をどうしていいのかわからなくなった最悪の事態のさなか、幸功の前に現れたのは功盛を含む霧龍組の精鋭部隊だった。

「それで、幸は——。半ば、攫われてここへ来たようなものなのに、その主犯格を助けたい、それを俺やこいつらにも手伝ってほしいって言うのか？」

「うん。だって、俺が好きになったから、ユン・ランがそれに応えてくれたから、第一級の国家反逆罪を犯してしまったんだ。そんなの俺たちの世界だったら、あり得ないよね。でも、ここは日本じゃないから。異世界の狼国だから、何もかもが違っていて。俺がそれをきちんと理解していなかったから、こんなことになっちゃって——」

「——しょうがねぇな。けど、実際のところ、こっちだってよくわからない話を聞かされ続けてるんだ。ひとまず話を整理する時間をくれ。俺もこいつらも、大事なのは幸だ。お前が悲しむようなことは決してしねぇから」

「兄ちゃん！　ありがとう」

地獄に仏とはまさにこのことだろうが、幸功からすれば地獄に閻魔《えんま》だ。最強だ。

ユン・ランを助けるには、少なからず戦力が必要だと直感する中で、これほど頼れる戦闘のプロたちはいない。

さすがに昭和時代の極道映画のような抗戦経験をしている者は皆無だが、しかしそれは国内に限っての話であり、対海外となったら実はそうでもない。

世界のマフィア相手の交渉、抗戦は、水面下で繰り返されている。

組員の中には海外での傭兵《ようへい》経験者や自衛隊上がりの若い衆もいるので、そろって子狼にデレていたわりには、皆そうとうな腕っ節の持ち主だ。

「兄ちゃ――っっっっ!?」

ただ、泣き崩れるほど安堵したのも束の間、幸功は「坊ちゃん！」と声をかけられた。

振り向くと同時に、ヌッと姿を現した二足歩行の大柄なパンダに驚き、声にならない悲鳴を上げる。

しかも、その背後に控えていた凶器持参のウサギ耳を生やした矢吹や、犬耳猫耳の若い衆たちまでなら、誰が誰なのかわかる。

だが、中にはパンダ同様、完全体のペンギンまでいた。

どこをどう見ても、森の中にいていいのかと悩んでしまう、体長六十~七十センチメートル、推定体重五キログラムの中型のペンギンは、一人だけ武器を持たずに手ぶらだ。

「幸功さん」

「え!? 古門さん！」

それでもこのスーツ姿を彷彿とさせるモノクロの身体に、オールバック。三白眼の目つきに、家の中で「坊ちゃん」呼びをしないのが顧問弁護士の彼だけだったことから、幸功にはペンギンが誰なのかすぐにわかった。

そして、もう一体の、巨大ながらもやけに目元が愛らしいモノクロ姿のパンダが、若頭の氷熊であることも――。

「なんでパンダ？　どうしてパンダ⁉　熊とかゴリラならまだわかる。なんなら熊ゴリラでも怪獣でも‼」

なぜなら、自身の姿を認識したときに、どこの誰より本人が一番混乱し、自ら「熊ゴリラ」などと発言していた。が、愛用のトカレフを持っていたところで、幸功にしてみれば他には誰も思い当たらなかったのだ。

「いや……。パンダも熊だし、実際は猛獣だからな――くくっ」

「組長！　ここで笑うのは殺生です‼　しかも自分は人間のままとか、どんな裏技ですか⁉」

思わず笑ってしまった功盛に、氷熊が両膝をついてすがりつく。

だが、当の功盛はと言えば、しれっとした顔をして、ここまで案内させてきたらしいホンの首輪を外していた。

これをつけたときには狼姿だっただろうに、今は強靭《きょうじん》な肉体を見せつけるようにすっぽんぽんな獣人男性だ。功盛は内心、心穏やかではないだろうに、それでもホンに対しては、ポーカーフェイスに徹している。また、解放されたホンが尻尾を腰巻き代わりにしていたのに気づいたスウは、慌てて小屋へ戻り、彼の着物を取ってきて渡した。

「――知るかよ、異世界のルールなんて。ただし、ここへ来る前に締め上げたパイとホンの説明を鵜呑《うの》みにするなら、人間界の誰かがこの世界へやってきて、異世界獣人と交わって帰ったみたいだな。もしくは、ここから人間界にやってきて、そのまま住みついた奴が子孫を作ったってことだろう。要は、濃い薄いはあるかもしれねぇが、どこかで獣人の血が混じった。それが人間界では作用しないが、こちらへ来ると影響を及ぼすってことなんじゃねぇのか？」

幸功はその場にぺたんと座り込んだまま、功盛の話を聞いていた。

ホンの状況を見ても察するところはあるが、幸功が井戸へ落とされたあとに、組屋敷ではもう一波乱あったのだろう。

しかも、この場にはホンだけで、パイがいない。

幸功を無事に取り返すまでは、屋敷に囚われていると考えるのが正解だろう。

ただし、獣医を一緒に置いてきているあたり、気は遣っているのだろうが――。

「さすがは組長。ってことは、この中で組長とこいつら四人は、先祖代々純血種人間ってことですかね」

ただ、どちらの世界でも姿を変えていない功盛や四人を見ていて、幸功は一瞬だけ（兄ちゃんたちもオメガなのだろうか？）と考えた。

しかし、矢吹の推測では純血種になるようだ。

「要はサルってことだろう」

「そんなことは！」

「まあ、なんにしたって、人間って奴が一番狡猾《こうかつ》な動物だからな。俺には似合いってことでいいだろう」

もっとも功盛からすれば、いずれも動物であることに変わりがなかった。

余計に知恵をつけたぶん、人間が一番厄介だとも解釈している。

「組長。超カッコいいです！」

「うさ耳で迫ってくるな。変な嗜好《しこう》のバーに来たような気分になる」

「そんな、ひどい！　この耳は俺のせいじゃないのに――うぅぅっ」

ここぞとばかりに懐く矢吹の耳が、一瞬でへたる。

しかも、普段はそれなりの距離感で話をしている者こそ、こんなときに甘えが出るのだろうか？

「それにしたって、どうして私だけがペンギン？　生物学的に、こんな森の中に放り出されて、生きていけるのか⁉　懐に入れてきた銃も、服ごとどっかに飛ばされたし！」

一人だけ冷静な功盛の脚を摑んで、今度は古門が絡んだ。

「本物が動物園で生活できるなら、ここでも命に別状はねぇだろう。まあ、心配なら、どっかで桶でも探して、定期的に水浴びしときゃ大丈夫だ」

「そういう問題か⁉」

「知らねぇよ」

「友達甲斐《がい》がないぞ！　組長面してないで、こんなときぐらい学生時代からの同級生として心配しろよ」

素っ気ない功盛の態度に腹を立ててか、古門が両フリッパーで功盛の脚をべしべしべしと連打する。手ではなく、翼がひれのように進化しただけの部位なのが、余計に古門を心細くさせているのかもしれない。

（なんだかみんな、こっちの世界だと可愛いな）

ただ、申し訳ないと思いつつも幸功は、仕事となれば自他ともに認める悪徳弁護士な古門が駄々っ子のように見えて愛おしくなった。

功盛も似たようなことを考えたのか、いきなり古門を小脇に抱えた。

「わかったわかった。何かのときには、俺がこうして抱えて逃げてやるから、とりあえず今は頭だけ働かせておけ。なんか――、やばいもんが飛んでくる。みんな、森へ入れ！」

だが、幸功が功盛の動作の意味を知ったのは、彼が視線を空へやったときだ。

先ほど閃光が飛んでいた西のほうには、何事もなかったように日没の空が広がっている。すでにユン・ランを捕らえ、幸功を探しにきたのか、五体のうち三体のドラゴンが、ゆっくりとこちらへ向かって飛んでくるところだった。

ここでスウがハッとする。

「――そうだ！　とにかく今は隠れなければ。幸功様、ご家族様、ひとまず山にある洞窟へ。その後は身を寄せることのできる、民家の当てもございますので」

いきなり功盛たちが現れたことで、頭からなすべきことが飛んでしまっていたのだろう。ホンに目的地を伝え、先に幸功たちを隠れ処へ誘導してもらうと、スウはこの近くに残り、ドラゴンと飛行兵団たちの様子を窺うことにした。

幸功たちはホンの案内で、森を東へ進む。

そうして山の麓にある洞窟へ逃げ込むと、スウが来るのを息を潜めて待つことにした。


洞窟へこもってから一時間は経っただろうか？

日没後の空には闇が広がり、今夜は星も月も見えないようだ。

功盛が持っていたライターを使用し、木々を集めて松明を作った。

幸功を取り返すためだけに、異世界へカチコミをかけてきた彼らからすれば、よもやこんなところでキャンプの真似事をすることになるとは、思いもよらなかっただろう。

功盛は、ここぞとばかりに「こういうことがあると、まだしばらく禁煙はできねぇな」などと言って笑っていた。

また、古門や氷熊、矢吹たちは、こんな状況では一時として無駄には過ごせないと、意見が合致したのだろう。幸功とホンを相手に、現状に関してわかる限り、また推測でもいいからと状況を聞いていた。

特に功盛から「今は頭だけ働かせておけ」と言われた古門は、いつにも増して真剣だ。場を仕切り、この国を動かす者たちの力関係などを把握しながら、少しでも幸功の、そしてこれからの展開において役に立とうと奮闘している。

「お待たせしました！」

そこへスウが息を切らせてやってきた。

胸には、満身創痍《まんしんそうい》のハヤブサを抱えている。

「やっと、ドラゴンと飛行兵団が城へ戻りました。今のうちに、民家へ移動します。月があれば、すぐにでも人間界へ戻ってもらうのですが。あいにく今夜は厚い雲に覆われているので」

幸功たちは松明を手に、洞窟の中から森へ戻り、旧狩猟小屋のほうへ歩いて行く。

足場がよいとは言えない獣道をスウが先頭に、そしてホンが最後尾について、しばらく歩く。

「スウさん。これは、さっき飛ばした子ですよね？」

幸功は、はやる気持ちを抑えながら、スウに問いかける。

ハヤブサは、つい先ほど「最後まで主の側に寄り添うように」と命じられて、ユン・ランのもとへ放たれた。

今ここに、手負い姿で戻ったことで、幸功は悪い想像が止まらなかったのだ。

「はい。追っ手に捕らわれる直前、ユンが逃がしたんでしょう。すでに、応急手当てはしました。もともと使い鳥として、特殊な訓練を受けていますから、数日もすれば元気になって、再び主の使いを果たしてくれます」

すると、スウからの答えは、思いのほか前向きなものだった。腕の中に抱かれて、翼に手ぬぐいを巻かれているハヤブサも、幸功の顔を見上げて「うんうん」と頷いてくる。

しかし、だからといって、幸功の不安が消えるわけではない。

「……そう。でも、そうしたらユン・ランは捕らえられて、今頃は城へ運ばれたってこと？」

「そうですね。連行されるのは不本意でしょうが。ただ、ユン自身は、一刻も早くフォンの安否を確かめたかったはずですし。同時に、まずは城へ戻らなければ、シン・ラン様との対面も叶《かな》いませんから、ここでは申し開きも何もできませんから、あそこで飛行兵団に向かっていったのは、我々を逃がす時間稼ぎであると同時に、城へ戻る手段としてドラゴンを利用したんでしょう」

スウの説明によれば、ユン・ランのここまでの行動には、すべて意味がある。だから、安心していいと言い含めてくれた。

これに関しては、またハヤブサも相づちを打っている。

それでも幸功からすれば、あまりに唐突な展開が続いている。その上に、この国をよく知っているわけではない。自分がどうしてユン・ランたちに求められたのかは聞いて理解したと思っているが、そもそもこの国のことは何も知らないに等しい。

やはり、根本的に不安だ。

「……お城に、ユン・ランの味方はいるの？」

「もちろんです。ユンには城の中だけでなく、国中に大勢の味方がいます。シン・ラン様と同等の人気を誇る我らが銀狼王子ですし、国防軍の大将でもありますから」

幸功の気持ちを察してか、スウがニコリと笑ってくれた。

ユン・ランは自慢をしないタイプなのがわかっているからか、側近の一人として、ここぞとばかりに褒めちぎってくれる。

だが、いったん幸功から視線が逸れると、厳しい顔つきになる。

「本当に――。いったい誰が、こんな無茶な罪状で逮捕を命じたんだか。ユン本人がシン・ラン様に幸功様への思いを明かしたというなら、まだわかるんです。しかし、話をしたのはフォンだ。普通なら、確認として本人に会って事情聴取をするのが先です。その上で、正当な罪状をもってした逮捕ならわかりますが――、このたびの反逆罪はいくらなんでも強引すぎです」

どうやらスウの視線の先には、夜の森より見通しの悪い城内事情がありそうだ。

幸功にしてみれば、いっそシン・ラン本人の怒りを買ったというほうが、しっくりくる話だが。スウは、最初から逮捕は別の者の指示だと信じて疑っていない。

これはシン・ランの人柄と二人の仲の良さの現れなのだろう。

(あ、こんなところに、小屋が。けっこう立派なログハウスだ)

「着きました。こちらは狩猟小屋の管理をしているハンの別宅です。現在は隠居した父親が一人で住んでいるとか。この辺りは、山賊が出るような場所なため、滅多に人は参りません。身を潜めるには最適とのことです」

そうして幸功たちは、洞窟を出てから、いったいどちらの方向へ進んでいたのかもわからないうちに、奥深い森の中に建つ小屋の前までやってきた。

「待て。そのハンという者は信じていいのか？」

ここまで黙って話を聞き続けていた功盛が、背後からスウの肩を摑んだ。

「ええ。ハンの一族は、古より狩猟小屋と異世界へ通じる古井戸の番人。今の主人は特にユンを我が主と慕う男ですから、信頼できます。ユンが人間界へ向かってからは、俺も何かと世話になっていたので」

スウが屈託のない笑みで答える。

功盛が「そうか」と納得したところで、こちらの気配を感じたのか、家の中から様子を窺うように扉が開く。

「あ、スウ様。お待ちしておりました。先ほど我が家へフォン様がお着きになったので、こちらにお連れしました。今、奥で横になっていただいたところ――」

待ちかねていたと言わんばかりに、ハンが大きく扉を開いた。

その後、幸功や功盛を見て両目を見開き、ペンギンを抱えたパンダにたじろぎ、さらには矢吹たちケモ耳衆や普通の人間が続いたものだから、言葉が止まってしまっている。

「フォンが⁉」

「――あ、はい。お城でもめて、いったん自宅預かりで謹慎になったそうなのですが。そこから抜け出し、早馬で駆けつけられて」

それでもハンは、気を取り直すと、説明をしがてら皆を丁重に中へ招いた。

そして、最後尾にいたホンが「このたびも感謝する」と礼を言い、力強く頷く。

すると、これにハンも頷き返す。

今一度外をしっかりと見回してから、扉を閉めて施錠した。

木造二階建ての一階は、広いＬＤＫ仕様になっており、リビング奥の窓際に置かれたソファーベッドには、フォンが横たわっているのが見える。

「自宅預かり？」

「未成年であることが幸いしたのだろう。または、貴族議員長の父上の顔を立てたとか？」

「それは、ますますシン・ラン様の判断ではないですね。あの方なら、フォンに落ち度があったとしても、まずは上司であるユン預けにする。間違っても軍に身を置く者を、年齢を理由に保護者の管理下に戻すことはない」

「――だな」

早速スウとホンが奥へ向かった。

それを目で追いながら、幸功たちが出入り口付近に固まっていると、

「皆様もどうぞご一緒に」

ハンが奥へ促してくれた。そしてすぐにお茶の用意を始める。

「――あ、スウ中尉。ホン大尉も戻られたんですね」

幸功たちが奥へ行くと、フォンが目を覚ます。

「大丈夫かフォン」

「すみません。僕が浅はかだったばかりに……。けど、僕が話をしたときは、シン・ラン

様は、わかってくださったのに――」

横たえていた上体を起こすと、ホンから「いったい城で何があったのだ？」と問われる。

「実は――」

フォンは、自分を見下ろす者たちの顔を見ながら、城で起こったことを説明し始めた。


ユン・ランと幸功を旧狩猟小屋に閉じ込めてから城へ戻ったフォンは、四天狼の立場から内々の話があるとし、狼王シン・ランへの謁見を願った。

すると彼はすぐに時間を取ってくれた。

しかし、わざわざ私室へ招いたかと思うと、フォンは挨拶もそこそこにシン・ランから問われることになる。

「それで、運命のお子は見つかったのか？　手がかりぐらいは摑めたのか？」

「……⁉」

驚くフォンにシン・ランは、からかうように笑った。

「ユン・ランとお前たちが、式典でもない限り近づくことのない神殿を訪ねたことは、この子たちが見ていたそうだよ。しかも、その直後に国防軍大将自ら国内の見回りの申し出をしてきた。察しないわけがない。大方大神官を頼ってヒントでも得たのか、運命のお子探しをしていたのだろう？」

シン・ランが部屋の中で寛いでいた「この子たち」――二羽のハヤブサを指す。

フォンはすべてを見通され、その上で自由に振る舞うことを許されていたのだと理解した。

背筋が凍りつくような感覚のまま立ち尽くすフォンに、シン・ランが続ける。

「そうでなければユン・ランが、三週間も城から離れるわけがない。特にこの一週間など、見回りの報告さえ書かれていない。まあこれは、ユン・ランの多忙を言い訳にスウが代筆を務めているとあったが。普段のユン・ランなら、まずそのようなことはさせないからな。さ、他の者たちには黙っておくので、私にだけは事実を教えておくれ」

しかも、話の内容から、フォンたちが人間界にいる間、残されたスウができる限りの策を講じてくれており、またそれをシン・ランが他に漏らすこともなく、暗黙の了解としてくれていたことがわかる。

フォンは、こうした配慮の中において、自分たちが幸功たちと巡り会って交流を深めたのだと知った。そのため、そこから先はもう何一つ隠し立てせずに、シン・ランに伝えることにした。

神の告げでユン・ランが異世界へ落ちたこと。

そこで幸功と出会い、心を通じ合わせたこと。

それにもかかわらず、何も知らずにユン・ランに惹かれた幸功を、シン・ランの番として差し出そうとしたこと。

そこでフォンの判断で、ユン・ランを焚きつけた。

もちろんカチコミへの対応は必要だという考えは変わらない。ただ、こうしてシン・ランに会いにくる間に、願わくば結ばれてしまいますように——と画策し、旧狩猟小屋に閉じ込めてきたことなどを、洗いざらい打ち明けたのだ。

幸功の出生の真実を知れば、ユン・ランにシン・ランを裏切るという選択肢は万に一つもなくなると思い、告げずに出てきた。ただ、その後、幸功の口から明らかにされたとはフォンには思いもよらない。

「ほう。そなたが二人を」

「はい」

当然フォンは、これが懲罰に値するなら受ける覚悟はできていた。

オメガに出会った瞬間、王族のアルファなら本能に囚われることは、誰もが知るところだ。

だが、オメガ・アルファの本能を介さない部分で、心から惹かれて恋をした。

それにもかかわらず王家のため、国のため、国民のために、思いを手放そうとしたのだ。

しかし、オメガと密室で二人きりにされて制御不能になったならば、さすがに誰もユン・ランを大罪には問えない。

当然、ユン・ランを受け入れたオメガ・幸功にしても、そうした血を持って生まれてきたのだから、罪に問うのは無理がある。

ましてや幸功は、シン・ランに一度も会ったことがない。最初に出会ったアルファ・王族男子にきちんと惹かれているのだから、誰も責めようがないだろう。

それこそシン・ランであっても、二人を罰することはできない。

これを仕組んだフォン以外を罪に問うことはできないと考えたからだ。

「そうか――」

すべてを聞き終えたシン・ランは、フォンから視線を外すことはなかった。

フォンは、断頭台に立つ思いで、彼と目を合わせている。

するとシン・ランは、自身の眩い金髪に勝るとも劣らない笑顔で言葉を発した。

「それは、よかった。ユン・ランが番を得るなら、ひとまず我が王家の血が絶えることはない。王位を継ぐのが、必ずしも長男やその子でなくても、王家と国政が安泰ならば、私はそれでいいと思う。仮に、この先私が番を持てず、子をもうけられなくても、生まれてくるユン・ランの子に王位を継承していけばいいだけだからな」

「……っ」

フォンが拍子抜けしてしまうほど、簡単にあっさりと事実を受け入れた。

それだけでなく、安堵したように微笑み、今後の王位継承権についても明確な考えを示したのだ。しかも、改めて「フォン」と名を呼ぶと、

「ユン・ランは、よき部下に恵まれたようだ」

「シン・ラン陛下」

彼はフォンの胸を熱くした。

それも、これまでの人生の中で五指に入るほどの熱さだ。

「ただ、若さゆえとはいえ、無鉄砲が過ぎる。気持ちはわからないでもないが、下手をすればユン・ランを窮地に追い込むことになりかねない。そうでなくても、お前が罪に問われれば、誰が一番悲しみ、また悔いて自身を責めることになるか。わかるであろう？」

だが、シン・ランはフォンを認めているからこそ、警告もしてきた。高揚したフォンを心身から冷やす。

しかし、フォンは自分でも驚くほど、シン・ランからの警告を素直に受け入れられた。

それは、ユン・ランだけでなく、フォンにとっても愛に溢《あふ》れていたからだ。

「――申し訳ございませんでした！　今回のようなことは、二度といたしません」

「ならば、今後も心してユン・ランに仕えよ」

そうしてシン・ランは、利き手をスッと差し出し、それを合図に翼を広げた一羽のハヤブサをフォンの肩へ止まらせた。それは一刻も早くユン・ランたちに吉報を送りたいであ

ろう、フォンの心情さえも察した計らいだ。

「はい」

「――あ、迎えのドラゴンがいるのだったな。私のほうから飛行兵団長に申しつけておくので、準備が整い次第ユン・ランたちを迎えに行くがよい」

「ありがたき幸せ！　シン・ラン陛下、万歳！」

フォンは今一度、心身から高揚し、身体中に喜びが溢れてくるのが止められなかった。

「――本当にそなたは調子がよいな。堅物な父親に似ず」

クスリと笑い、見送ってくれたシン・ランに深々と礼をすると、ハヤブサと共に私室をあとにした。


シン・ランの前では、どれほど笑みを浮かべていたかわからないフォンだったが、これらをスウたちに説明し始めたときの顔はしかめられており、口調も淡々としたものだった。

「それで――。そのあと僕は、喜び勇んでドラゴン舎へ向かいました。シン・ラン様がハヤブサをよこしてくださったので、先に吉報を送ろうと準備をして。けど、そこに現れた団長は、団員たちに向かって、ユン・ラン様を逮捕しに行くことを告げました。それも第一級の国家反逆罪。逮捕されれば、死罪を免れられない重罪です。それを聞いた僕は、意味がわからなかった」

フォンの顔には、擦り傷や打撲の痕があった。

手ぬぐいの血痕は鼻血だったのかもしれない。

「ただ、立ち尽くしていたところを兵団員に見つかり、追われることになり。僕は、無我夢中で逃げながら、報せだけはハヤブサに託すことができたのですが。その後は捕らえられて、城へ呼び出された父親に引き渡されて自宅謹慎させられました」

それでもこの程度の怪我で済み、ハヤブサも飛ばし。さらには、自宅を脱走した上に、何時間もかかる道のりを馬で駆けてこられたのは、未成年ながらも四天狼と呼ばれるポジションにいるだけの身体能力を持つフォンだからだろう。

そこはスウやホンも理解をしている。

「最初は、父親が私財を投げ出して、僕の命乞いをしたのかと思いました。けど、それでもユン・ラン様たちに、僕の罪すべてがなすりつけられるのはおかしいし、無理がある。かといって、父親に聞いても〝何も聞かずに息子を連れ帰れ。追って沙汰するとしか言われていない。お前は何をしでかしたんだ〟と責められるし」

すると、ここまで聞いたところで、ホンがフォンの推測を否定するように「いや、それは」と発した。

「罪をなすりつけたというのは、お前だから思うことだろう。客観的な事実だけを見て判断するなら、シン・ラン様の番となる幸功様を奪ったのはユン・ラン様だ。そして、シン・ラン様という運命の相手がいながらユン・ラン様を選んだことで、シン・ラン様を裏切ることとなったのは幸功様だ。結果だけを見て判断する者にとっては、そこに至る経緯や気持ちなど、どうでもいいのだ」

そうとう乱暴な言い方だが、第三者が見ればこういう判断になるのも無理はない。

幸功はじっと耳を傾けている。

「そんな、僕がし向けたことなのに⁉　シン・ラン様は、ユン・ラン様と幸功様のことを、喜んでくださったのに――、痛っ」

フォンが興奮気味に背筋を伸ばし、瞬間、表情を歪ませる。

手が肋骨《ろっこつ》の辺りを押さえていた。飛行兵団から逃げる途中で、見た目以上に怪我を負っているのだろう。

「お前を油断させるためのシン・ラン様の演技だったかもしれないだろう。そうでなかったとしても、シン・ラン様のご本心は、ご本人にしかわからない。ましてや、シン・ラン派の者たちがこのことを知ったら、ユン・ラン様を王位につけるために我らが画策したと思っても不思議はない」

「そんな馬鹿な！」

「馬鹿でも何でも、そういう方向に持っていこうとした者がいるのは事実だ。まずはそれを受け入れろ。私だってシン・ラン様がユン・ラン様を陥れるだなんて思っていない。だが、そんな甘い考えでは、ユン・ラン様を救出できない。思い込みや情に流されてその事実を無視するのは危険だ」

「——‼」

ホンからたたみかけるように言われて、一瞬フォンが押し黙る。

幸功も自分の名前を出されたからか、息を呑む。

うつむき、功盛から「しっかりしろ」というように肩を掴まれてしまった。

すると、急にフォンが洟《はな》をすすり始める。

「それって、結局は僕の勝手な判断や思い込みが、この事態を引き起こしたってことですよね。ユン・ラン様は幸功に惹かれることを堪えていたのに。シン・ラン様へのお目通りを最優先にされていたのに。それを僕が——」

幸功が顔を上げたときには、フォンは大粒の涙をこぼして、しゃくり上げている。

確かにホンが言うように、結果だけですべてを判断する者たちにとっては、フォンが起こした行動の理由はどうでもいいのだろう。

ましてや、ユン・ランと幸功が互いをどう思っているかも、またシン・ラン自身が世継ぎに関してどう考えているのかも、関係がないのだ。

異世界からやってきて、この状況に巻き込まれている幸功からすれば、人権侵害もいいところだ。価値観が違いすぎて理解できない部分が多すぎる。

ただ、そんな中でも、確実に理解できることはある。

「それは違うよ。赤茶の、ううん。フォンのせいじゃない。俺とユン・ランが惹かれ合うことが罪だとしても、気持ちの上だけのことなら無実で押しきれた。でも、俺とユン・ランは、すでに冤罪《えんざい》だって言えないことをしてしまった。必死に気を逸らそうとしていたユン・ランを俺が焚きつけて、誘って、俺をシン・ランに渡したくないって思うように追い詰めたんだ」

幸功は、すでにユン・ランと結ばれたことを、はっきり口にした。

経過はどうでもいい、結果がすべてだというなら、実際に二人が結ばれていなければ、フォンの行動に関してはいくらでも申し開きができたのだろうと考えたからだ。

とはいえ、あまりに堂々と告白されたものだから、フォンはたった今流していた涙が、驚きで止まってしまった。

散々焚きつけたフォンがこの状態なのだ。ましてや功盛や氷熊たちは寝耳に水だ。互いに顔を見合わせては、「え？」「え!?」とアイコンタクトで動揺を分かち合う。

スウは苦笑いを浮かべていたが、ホンからすれば「そんな時間がどこにあったのだ!?」と言わんばかりだ。

少なくとも、自分は功盛に日本刀を突きつけられたその夜のうちに、井戸へ飛び込んだというのに――。

しかし、ここまでくると幸功は完全に開き直った。

「俺は……、フォンと同じだよ。自分がユン・ランと結ばれるってことが、この国では反逆罪になるなんてわかっていなかった。きっとユン・ランは理解していたのに、その覚悟まで決めさせてしまったんだ。けど、それでも俺は今、後悔なんてしてない」

幸功の立場に立たされたら、こう言うしかないだろう。

泣き寝入りをするつもりがないなら、尚更だ。

「ユン・ランとのことが罪だとも思わない。ましてや、死罪？　それこそただの言いがかりだろうって思うし。これで本当に、この国の人たちがユン・ランを死罪にするって言うなら、俺が自分の世界に連れて帰る。王弟だろうが国防軍大将だろうが、俺の婿にして二度とこの国へは帰さない。なんならフォンたち四天狼も一緒にね！」

そうしてフォンたちにとっては頼もしくもあり、悩ましくもありな決意表明がされた。

「……幸功様」

「知らなかったとはいえ、俺たちにミルクを飲まされて、おむつまでされたんだから、遠慮するほどのプライドなんて残ってないだろう。それこそ、こんな目に遭わされてまで、我が国が――とか。死なば諸共の覚悟が――とか言い出すなら、俺が向こうでの生活を全部バラして、ここにいられないようにしてやるだけだしね」

「幸功様。それはどういう意味で？」

フォンとホンは顔を引きつらせていたが、スウだけが話についてこられず真顔で訊ねる。

さすがに今、一から説明するつもりはない。代わりに幸功は「へへっ」と笑って返した。

「要は、言いがかりには言いがかりで返すだけってことかな。ただ、そのためにも、まずはユン・ランを釈放させるか、奪還するかしないといけないけどね！」

こうなれば、目には目を。歯には歯を、と言いたいところだが、霧龍組のモットーは目には目と歯を、だ。やられたことは倍返しが当たり前、狼国の者たちがマイルールで喧嘩を売ってくるなら、幸功もそれに倣うまでだ。

「いいよね。兄ちゃん。みんな」

それでもここまで強気に出られるのは、この場に功盛たちがいるからだ。

「上等だ」

「それでこそ坊ちゃんだ！」

幸功は功盛や氷熊たちから同意を得ると、「そうしたら、まずは何からするべきだと思う？」と、古門に問いかけた。

しかし、ここでほぼ同時に声がした。それも二カ所からだ。

「父ちゃん開けて！　大変だ‼　ユン・ラン様が処刑される！　明日正午、城下町の広場で公開処刑だって、町に知らせが回ってる！　じいちゃんが聞いてきたよ！」

一方は施錠されていた出入り口の外から、激しく扉を叩くハンの息子の声。その背後にはハンの父親も立っている。

「キー！　キー！」

そしてもう一方は、フォンの側にいた手負いのハヤブサが急に身体を起こして鳴いた声。何かと思えば、窓ガラスの向こうに、もう一羽のハヤブサが姿を現したのだ。

「あ、シン・ラン様の！　番のハヤブサだ」

スウが急いで窓を開けると、闇夜を飛んできたハヤブサは、そのまま連れの側へと舞い降りた。そして、片脚をフォンたちに向かって上げる。

「文だ。きっとシン・ラン様からだ！」

脚に巻かれた文を取ってもらい、大役を果たしてホッとしたのか、「キー」と声を上げてから、羽を休め始めた。

10 狼兄弟と明かされた邪悪な本能

一人でドラゴンを操る飛行兵団に立ち向かうことで、幸功たちに退路とその時間を作ったユン・ランは――。

〝幸功を頼む。奴らは私が引きつけるから、お前は今すぐ幸功を連れて、身を隠せ。そして、夜空に月が上がり次第、幸功を元の世界へ帰すのだ。それがどこより安全だ〟

〝なら、俺が行く！　ユンは幸功様と一緒に異世界へ！〟

〝そういうわけにはいくまい。今のシン・ランの思いもわからぬまま――。何よりフォンは私の部下だ。それも私のために――、この目で無事を確かめないわけにはいかぬ！〟

旧狩猟小屋から少しでも離れるように森の中を走り、自分を捕らえにきた敵陣の中へあえて飛び込んでいった。

〝キーキー〟

上空では、フォンが飛ばしたハヤブサが声を上げて、近くの野鳥たちに助けを求めた。少しでもユン・ランへの攻撃を妨ぐべく、ドラゴンの邪魔をする。

〝――なぜですユン・ラン殿下！　なぜシン・ラン陛下を裏切るようなことをなさったのですか⁉　陛下の運命のお子を奪うなど！〟

地上では、ドラゴンから森に降り立った飛行兵団一個小隊二十五名が、突然の命令に戸惑いながら、ユン・ランに剣を向けてきた。

〝フォンを傷つけて、お前たちをよこしたのは側近たちか、それとも大神官殿か〟

〝シン・ラン陛下です！〟

〝嘘を申すな！　誰の命令であれ、私は私に剣を向ける者を責めぬ！　本当のことを言え！〟

〝――っ‼〟

周りを囲み、次々に襲いくる兵士たち。

しかし、ユン・ランは彼らに対して、致命傷を与えるような反撃はしなかった。

剣を鞘《さや》から抜くことなく、抗戦し続けたのだ。

〝ただし、自らの行動には自負だけでなく責任を持て‼　この先、決して悔いることがないよう、わずかな迷いも剣に込めるな〟

俊敏な動きで攻撃を躱《かわ》し、狙い澄まして相手の剣の持ち手を打つことで、武器を次々と弾いていく。

兵士の手を離れた剣が空を舞い、木々や地面に刺さっていくたびに、ユン・ランは兵団を圧倒した。

銀の髪を靡かせるユン・ランの剣さばきは、まるで舞を見ているようだ。

〝この一太刀は、この国の未来を変える。変えた者には今よりいっそうの責任がのしかかる。よいか、このことだけは忘れることなく、未来永劫《みらいえいごう》──国と民に尽くせよ！〟

〝……っ！　ユン・ラン殿下〟

そうしてユン・ランは、一個小隊全員の剣を弾くと、上空のハヤブサに「退却せよ」と合図の口笛を送った。

「そなたらの主、大将命令だ！　撤収せよ！　誰もこれ以上は争うな！」

同時に形だけはユン・ラン逮捕に奔走していたように見えるドラゴンたちに対しても、声を上げた。

〝キーキー〟

すると、攻撃をやめたドラゴンから、ハヤブサと野鳥たちが離れていった。

そして、それを見届けたところで、ユン・ランは自ら剣を手放す。

〝お前たちにも立場があるだろう。さあ、連れて行け〟

〝ユン・ラン殿下！〟

〝逮捕だ！　とにかく逮捕だ、連行しろ‼〟

〝──はい。隊長〟

そうしてユン・ランは、自分を捕らえにきた飛行兵団の者たちには、誰一人傷を負わせることなく囚われの身となった。

スウが幸功に説明していたように、こうすることがもっとも早く城へ戻れて、また現状を自身の目で確認する最善の手段だったからだ。

「私をどこへ連れて行く気だ。シン・ランに会わせろ‼」

「それはできません。シン・ラン陛下は、殿下の裏切りにお心を痛めて、どなたにもお会いできない状態になってしまわれました」

「なんだと⁉　ならばフォンはどうした！　無事なんだろうな？　誰か答えろ！」

しかし、いざ城へ連れて行かれるも、ユン・ランはシン・ランへの謁見を許されないまま、ベッドさえ置かれていない地下牢へ投獄された。

（――幸功。今宵の空に月は出ているのか？　スウは無事に幸功を家族のもとへ帰してくれたのか？　パイは、ホンは、あれからどうしているのだ？　フォンの現状を耳にできたのは、せめてもの救いだが）

牢番たちの会話から、フォンが父親に引き取られ自宅謹慎となったことだけはかろうじて知ることができた。おそらくフォンが未成年兵士であったことに加えて、彼の父親が長年シン・ラン王政を支える貴族議員長を務めてきた功績が大きかったのだろう。彼はシン・ラン派にとっては、貴重なブレーンの一人だ。

フォンの現状についてはその通りなのだろうが、シン・ランの様子については本当とは思えない。

また、廷臣を二分するユン・ラン派の気配がなく、シン・ラン派が城内を制圧していることを察した。武闘派の彼らをおとなしくさせているのだから、それ相応に納得させる何かがあったのかもしれない。

だが、ユン・ランもいなければ、代弁できる四天狼もいない状況で彼らを抑えられるのは——。

シン・ランが現在政務にあたっていないのならば、ユン・ランの逮捕とこの現状を作り出せる人物は、自ずと浮かび上がってくる。

（それにしても、シン・ランが私の裏切りに心を痛めただと？　誰より私に運命の子を望んでいたシン・ランが？　そんな馬鹿なことがあるものか）

窓もない、牢番がだんまりを決め込めば音も聞こえてこない地下牢では、外の様子を確かめることができない。

せめてわずかでも体力を消費しないように座り込むが、暖もない石造りの牢は、容赦なく身体を冷やしてくる。

（そろそろ夜が明ける頃か？　せめて一国民の権利として、裁判ぐらいは開いてくれるのだろうか？　それとも、こんなときこそ特別扱いか？　私の逮捕を決めたのが、シン・ランでないなら、尚のこと——）

それでも時間の経過だけは、どうにか体感で予測をつけた。

しかし、ユン・ランは異世界から戻ったばかりだ。向こうを出たのが夜で、こちらに着いたのが夜明け前。それから丸一日が経ったと思われるこの時間まで、ユン・ランは一睡もしていない。

今は眠っている場合ではない。それなのに睡魔に囚われそうになり、一瞬頭がぐらついた。

（……‼）

近づいてくる足音を耳が捉えたのはこのときだった。ユン・ランがハッとして顔を上げると、鉄格子を挟んだそこには黒装束の男が立っている。

「私の逮捕命令を出したのは、あなたか？　大神官殿」

彼の顔を見上げながら、フッと笑いがこみ上げた。

言うまでもなく、この国で権力や決定権を狼王と二分するのはこの大神官だ。普段は政はシン・ランに任せているが、狼王と大神官の立場に優劣はない。

シン・ランが、このたびのユン・ランの行いをどう思い判断するかとは関係なく、大神官の一存でもユン・ランの処分は決められる。逆に言えば、自分に対して最終的な命令権を持つのは狼王と大神官しかいないのだ。

彼が「最愛の弟のことだけに、心を痛めたシン・ランには、正しい判断ができないだろう」と言えば、シン・ランの周りの者もそれに従うしかない。ここはシン・ラン派であろうが、ユン・ラン派であろうが、王家側に立つ者たちはみな同じだ。

「はい。このたびの逮捕は私が指示を出しました。まさか、あなたがあの孔から戻ってくるとは思わなかったものですから。しかも、シン・ラン陛下の運命のお子を我がものにされるとは——。殿下は本当にいらぬことをしてくださいますね」

　そもそもユン・ランを異世界へ送り出し、幸功と巡り会わせたのは、大神官が受け取った神からの告げによるものだ。ユン・ランに乾いた笑いしか出てこなかったのは、この皮肉な事態のためでもある。

「それは悪かった。私もここまで運命に。いや、恋という感情に理性を壊されるとは、考えていなかった。何も知らぬくせに、軽んじていたのかもしれない」

「恋ですと？」

「そうだ。もっともシン・ランに言わせると、これを人はあとから運命と呼ぶのだそうだが、今の私はそう思いたくない。私が彼を愛したのは、彼の人となりが素晴らしかったから。共に運命に立ち向かう覚悟を持ち、また見せてくれたからだ」

　ユン・ランは、気持ちのままを大神官に伝えた。

「なるほど——。それで殿下は世継ぎを残すことのできる相手・番を得た。シン・ラン陛下は、これで王家は安泰だとおっしゃった。だが、見過ごすわけには参りません。あなたは運命のお子を得ることで狼王を裏切った。派閥を持つ身でありながら、争いの種を蒔《ま》く行動をした——国家にとっては、許しがたき罪です。ユン・ラン派の者は、あなたこそ王位を継ぐべきだと言い始めておりますよ」

「そのような争いの火種を避けるために、神に告げまで求め、隠密に行動した」

「結果だけを見れば、同じことです」

「かもしれないが、経緯は違う」

「経緯？」

だが、こうしたユン・ランの落ち着きすぎた態度が、大神官には理解ができなかったのだろう。鉄格子に伸ばし、握りしめた手に感情がこもる。

「大事なのは、このたびのことから学ぶこと。建国以来、決まりが守られ、引き継がれてきたのは、これらを揺るがす変化が起こっていなかったからだ。王族のアルファの長子に毎回運命の子が現れ、アルファを産んだ。単に幸運の上に成り立っていたに過ぎない」

ユン・ランは、大神官を見上げたまま、自身の考えを告げる。

「しかし、狼王陛下に運命の子が現れないという事態が起こった。兄弟が力を合わせて王政に尽くそうと心を一つにしているにもかかわらず、なぜか仕える者が派閥を作る。勝手に諍《いさか》い始める」

幸功のことを含めても、すべてを「運命」の一言で済ませるつもりはなかった。

ただ、これらを我が運命だなどとは思わないが、皮肉なものだとは感じている。

「神に仕えるそなたは、これらすべてを我らに与えられた運命、試練というのかもしれないが。私からすればこれまでに起こっても当然だったことが、たまたま私とシン・ランの代に起こったに過ぎない。それだけだ」

なぜ、このような事態が、自分のときに起こるのだろう？

それに対して、不平不満を感じることぐらいは許されてもいいだろう、と。

「これらの事態に、国を預かる者たちが真摯に向き合うことができず、私を罰することで事なきを得るというなら、いずれまた同じことが起こるだろう。だからこそ、シン・ランとそなたには、未来を見据えて、建国以来の規律を見直し、改正してほしい。私という前例を生かし、無駄にしないために」

大神官を見上げるユン・ランには、すでに王弟として、また一人の政治に関わってきた者として、死への覚悟があった。

あまりにまっすぐな彼の姿勢に、大神官は、どこかまぶしげに目を細める。

「そのために、自らの命も犠牲になさるのか？　あなたほどの方なら、飛行兵団ごとき蹴散らし、運命のお子と共に異世界へ逃げることもできたであろうに」

「私が逃げれば、フォンはどうなる？　シン・ランは、我が狼王陛下は、卑怯者の愚弟を持つ兄として、それこそ立場も威厳もなくされる。それは、私が一番望まぬことだ」

「一番望まぬこと――か」

ふと、大神官が微苦笑を浮かべた。

「どこまでも理性的でいらっしゃる。つくづく私とは対局にいる。だから私は殿下が嫌いなのです。ホンはまんまと殿下に感化されてしまったが——」

「なんだと？」

大神官は意味深な口調で本心を明かし、突如、ユン・ランに敵意を向けてきた。

しかし、そこに複数の足音が響いてきた。ユン・ランは、それらの中に、かれこれ一月近く会っていなかった兄のものを聞き取り、両耳を立てた。

「——シン・ラン⁉」

叫ぶと同時に立ち上がり、鉄格子を握りしめる。

「ユン・ラン！　無事であったか！」

声と共に姿を現したのは金狼王シン・ランだった。

しかし、両脇から屈強な黒狼兵士たちに拘束をされて連れてこられたシン・ランは、ユン・ランの向かいの牢へ入れられる。

鉄格子の扉が閉められ、ガチャンと冷ややかな音を立てて鍵がかけられた。

「どういうことだ、大神官。なぜ、シン・ランを牢に！」

「狼王陛下は、このたびの王弟殿下の振る舞いに深く傷つき、ご乱心なされた。これより狼国は二本柱の一つであるこの大神官が預かる。いずれは唯一無二の王となる」

二人がそろったところで、大神官が宣言した。

これにシン・ランが「私は乱心などしておらぬ」と叫ぶ。

「なんだと！　なぜ今になってそのような！　建国より守られてきた群れ双方の誓いを破る気か！　そなた、国を乗っ取る気なのか！」

そしてユン・ランは突然すぎる、また信じがたい内容に困惑を覚え、大神官を問い詰める。

「黒狼族長の末裔《まつえい》として生きる。これが私に与えられた宿命だ」

「――っ⁉」

すると、思いがけない返答と共に大神官が目を逸らした。

これにはユン・ランだけではなく、シン・ランも目を見開く。

「まさか、今更国を二分する気なのか⁉　私とシン・ランを亡き者にし、長をなくした毛色の国民たちを排除し、黒狼族だけの国にする気なのか⁉」

――いつからそんなことに⁉

気づいたときには遅い。これまでなんら変わった様子を見せなかったが、しかし彼やその血統の一部の者たちは、他を排する群れの本能に目覚め、虎視眈々と機会を窺っていたのだろう。

さすがに大神官一人の目覚めで、ここまでするのは考えづらかった。

「できるものならそうしたい。しかし、どれほど古の本能に目覚めようとも、私もそこまで馬鹿ではない。群れ毛色で分かれていたのは太古の話。今なら異分子を取り除くだけでも、群れは完成するだろう」

「異分子？」

ユン・ランは、高ぶる感情のまま鉄格子を握る手に力を入れる。

大神官が着衣の懐から小型の麻酔銃を取り出した。

「そう。新たな狼国は、アルファとオメガを排除することで、ベータのみの群れとなる。これこそが本来の本能に基づくと共に、争いのない国作りだ。あなたたちがいるから派閥ができる」

迷うことなくユン・ランへ向けて発砲する。

「なっ――ぅ‼」

「ユン・ラン！」

胸の一点に受けた痛みと同時に、急速に意識が薄らいでいく。悲鳴のように名を呼ぶシン・ランの声を聞いたのを最後に、ユン・ランはその場に身を崩していった。

（シン・ラン――）

睡魔に囚われるさなか、ユン・ランは幼い頃に遊んだ兄の姿を瞼の裏に見た。

〝ポチ！〟

（――幸功……っ）

そしてそれは、幸功の姿に変わり、ユン・ランは幸功との出会いから別れまでの記憶に癒やされながら、完全に意識を失っていく。

「ユン・ラン！　ユン・ラン‼」

長い金髪を振り乱してシン・ランが叫ぶ。

重いため息と共に銃を懐に戻す大神官は、そんなシン・ランを無視して黒毛の配下の者に指示を出す。

「ユン・ランを処刑場へ連れて行け。広場に着く頃には、目覚める。そして、次は永遠の眠りにつくことになるだろう」

「――はっ」

答えた兵士たちが牢の扉を開いて、倒れたユン・ランを運び出す。

その後ろ姿を見届けると、大神官は改めてシン・ランのほうを振り返る。

「信じる者は救われると言うが、神は真摯に仕え続けた我々黒狼の一族より、信仰心もそこそこな金銀の一族を愛した。アルファという特別な血を与え、オメガの血をもたらすことで、邪悪な本能に目覚めることのない、理性の強い狼王一族を生み出した。あなたたちにはわからないのだろう。湧き起こる本能による苦しみが――」

これが最初で最後の告白だとでもいうように、大神官が胸の内を明かす。

だが、鉄格子を握りしめるシン・ランの眼差しは、連れ去られたユン・ランのあとを追うばかりで、目の前に立つ大神官に向けられもしない。

「だがまさか、あの孔が異世界へ通じるものだったとは――。次男のユン・ランは知らずにいたようだが、二本柱の長子として生まれたそなたならば受け継いでいるであろう。『邪悪な本能に目覚めたときは、東の果てに封じた井戸を使え。頭上に月が昇る夜に蓋を開き、邪魔な者を生きたまま落とせ。さすれば、その者は二度とこの地には現れぬ』」

それでも大神官は、話し続ける。これに返すように、シン・ランがゆっくりと視線を向けると、満足そうに笑みさえ浮かべた。

「私は代々長子にのみ相伝するこの言伝を信じてきた。だからそなたが生まれた当時、本能に流され凶暴な山賊に身を落としていた一族の者に、オメガ探しをさせた。そして、それらしき姿の者が誕生したなら、迷うことなく井戸へ落とせと命じた。世継ぎが生まれなければ、いずれ狼王家は途絶える。時間はかかるが、これなら最小限の犠牲で済む」

「それで私やユン・ランには、運命のお子が現れなかった。そして神の告げを利用してユン・ランが井戸へ身を落とすよう誘導したということか。すべてはそなたの策に導かれ、いいや殺意によって」

シン・ランの琥珀の瞳が、薄暗い地下牢の中で揺らめく炎のように輝き始める。

その白い貌を大神官へ向けたときには、長い金糸を波打たせ、これまでには見せたことのない凶悪な本能の片鱗《へんりん》――邪気を全身から覗かせる。

「――さよう。奴を消してしまえば、軍を思うままにできる。そなたは、そのあとでも始末ができる。しかし、いざ蓋を開けてみれば、井戸は決して、邪魔な者を始末してくれる、遺体を呑み込む死の沼ではなかった。神どころか、私は先祖にさえ裏切られた気分だ。なぜ異世界と行き来ができる孔だと隠し、偽の言伝をわざわざ長子に伝えたのか」

同じ種族の、それも長一族の末裔だ。

古からの本能が深層に眠るのは、大神官もシン・ランも変わらない。

しかし、今にも牙をむき出しそうになった瞬間、シン・ランは自らの腕に爪を立て、一瞬まとわせた邪気を消し去った。

そして麗しくも、苦々しい笑みを、改めて大神官へ向ける。

「それは、我らの先祖が、いずれ子孫に起こるかもしれない本能の目覚めを危惧して、そのように伝え残したのだろう。むやみに邪魔者を殺さぬように。おかげで運命のお子は助かった。向こうの世界で健やかに育ち、今こうしてユン・ランと共に故郷へ戻ることができた。そしてそなたたちは、目覚めてしまった本能に苛まれながらも、二人の命を奪わずに済んでいる。これこそが神の、先祖からの加護ではないのか？　守られているからこそ、その手はまだ血にまみれていないのだろう」

「――っ」

シン・ランの放つ言葉が、そして彼の解釈が、大神官の目を見開かせ、顔を歪ませる。

「そのような発想は、私にはなかった。そしてこれからもない」

だが、震える声で放ち、大神官はシン・ランに背を向けた。

「待て、大神官‼　思いとどまれ！　今なら間に合う！」

だが、大神官はそのまま扉へ向かうと、重く冷たい音を立てて、この場を去る。

「ユン・ランを処刑するなど絶対に許さぬ！　神が、私が、誰より民が‼　それがわからないのか、大神官！」

その後も地下牢では、しばらくシン・ランの悲痛な声が響いた。

「――ユン・ラン！」

喉が嗄《か》れるほど叫ぶシン・ランは、精根尽きるとその姿を次第に金狼へ変えた。

そして、誰かにこの思いよ届けと願いながら、最後の力を振り絞り、悲痛なまでの遠吠えを発した。

（誰か！　誰か私の弟を！　ユン・ランを助けてくれ！　殺さないでくれ‼）

しかしその声は、地下で反響するだけで、外に届くことはなかった。

＊＊＊

――夜明け前。

一見ではわからない程度の変装をした幸功や功盛たち霧龍組の者とホン、スウ、フォンの三人は、ハンとその父、息子の三人と一緒に別宅をあとにした。

ひとまず城下町へ向かう。

新たに飛んできた使い鳥のハヤブサは、大神官の手の者に捕らえられる直前に、シン・ランが密かに放ったもの。届けられた文には、こう記されていた。

城内で中心となって動いている者たちは、確かにシン・ラン派だった。

ユン・ラン派を広間に閉じ込め、身動きを封じている。

しかし、実際彼らを手駒にしていたのは、大神官とその配下の者たちだ。

王家と権力を二分する立場から、ユン・ランの逮捕という非情な仕事に徹しているようにも見えたが、それにしては何かがおかしい。狼王である自分を軟禁し、断りなく動いている。何か思惑があるのかもしれない。

これを読んだスウとフォンは、真っ先に大神官のクーデターを予想した。

これに同意したホンの落胆は計り知れない。

だが、大神官の孫の一人であるからこそ、ホンは強い気持ちで立ち向かう決心をしていた。

場合によっては両親や親族を敵に回すことになるだろうが、フォンだってシン・ラン派の貴族議員長をしている父親と対峙する覚悟で家から出てきている。

　また、パイやスウの家にしても、今のような派閥がない頃から王家の家臣だ。

　布令が回ったことで、王家の家臣のみならず国民のすべてが動揺し、何かしらの思いを胸に一夜を明かしたことだろう。

　そうして、一行は森を出て城下町へ入った。

　まだ日が昇り始めたばかりだというのに、至るところで立ち話をする人々が目につく。

「狼王様が乱心のため、城内で隔離されたってよ」

「王家の権限はいったん神官家預かりだそうだ」

「今後はしばらく、大神官様が狼王陛下代理となって国を治めるみたいだ」

　――などといった話が聞こえてくる。

「ユンを処刑にしようとしているだけでなく、シン・ラン様を隔離⁉　大神官が陛下代理⁉　それってもう、完全に国を乗っ取る気満々じゃないか！」

　シン・ランからの文によりクーデターを疑っていたとはいえ、スウは怒り心頭だった。

「言いがかりですよ！　シン・ラン様をご乱心にして隔離するなんて、ただの飼い殺しだ！」

「シン・ラン派への人質にもなるしな。とにかく、一刻も早く二人を救出しないと――。それにしたって、あのくそジジイ！」

　ホンに至っては、血縁者だからこそ怒り方が半端ない。

スウが宥《なだ》めるように腕をそっと叩いたくらいだ。

「――皆さん。まずは二手に分かれましょう。皆が広場のほうに気を取られている間に、狼王様を助け出さないと」

すると、ここまで黙って聞いていた古門が声を上げる。

「だな――。ただし、広場は暴動を警戒して厳戒態勢だろう。戦場みたいなもんだ。城内のほうが手薄になっているはずだ。そのつもりでチーム編成を。ねぇ、組長」

そして、これに答えたのは、ここまで古門を抱えてきた氷熊。

「おう」

「兄ちゃん、俺は広場へ行くからね」

功盛が了解したところで、幸功は名乗りを上げた。手には、矢吹が持参した幸功の木刀がしっかりと握られている。

「幸功様！　ですが、広場は戦場になると、たった今氷熊殿も」

「だからだよ。これは俺の番を取り返すための戦いだ。自分で行かなくてどうするんだ」

「駄目です！　危険です‼　幸功様に何かあっては、ユン・ラン様に顔向けができま――、ひっ！」

ホンとフォンが止めにかかると、幸功はその場で抜刀してみせた。

見た目は木刀だが、立派な仕込み刀だ。すぐに鞘へ収めたが、今の所作を見れば幸功が相当の剣士だということは、武闘派の者たちだけによくわかる。

スウなど思わず、「ユン。お前の嫁は歴代最強のオメガみたいだぞ」と、顔が引きつってしまったほどだ。

「俺、これでも霧龍組の次男だからね。最低でも自分の身は守れるようにって、鍛えられて育ったから。ね、兄ちゃん」

「まあ。そうだが、注意するに越したことはない。広場に行くのはかまわねぇが、先陣は慣れた氷熊たちに任せろよ。お前は一歩下がって全体の戦況を見極めろ。俺たちの命は、こいつらの命だ。争いになったとき自分の命を守るってことは、組員の命を守るってことだからな」

そして、どうせ止めても無駄だとわかっているのだろう。功盛は幸功に広場へ行くことを許したが、身の振り方には釘を刺した。そしてそれはホンたちに、ユン・ランとはまた違うリーダー像があることを実感させるものだった。

「うん。兄ちゃん」

こうしてこの場にいた者たちは、ここからユン・ラン救出とシン・ラン救出の二手に分かれることとなった。

ユン・ランは処刑予定時刻に合わせて、城から城下町の中心地にある広場へと運ばれてくる。すでに城を出て向かっていると、人の口から伝わってきていた。

ユン・ランの救出組は、幸功・氷熊・矢吹、そして若い衆六人にスウ、フォンの二人、ハン親子三人。ここから広場へ向かって到着を待ち受けることになった。

また、ここで幸功は番のハヤブサを一足先に城へ放つことを提案した。

見物も来る処刑にドラゴンが出動することはないはずだ。だが、そうなったら困る。なので、ドラゴンにこの争いに加担することのないように、ハヤブサから直接頼んでもらえないかと思ったのだ。これをハヤブサにお願いしたとして、果たして通じるのかどうかはわからなかったが、誠心誠意伝えてから空へ放った。

「「キーキー」」

番のハヤブサは、手負いの一羽をフォローしながらも、大空へ舞い上がった。

まっすぐに城へ飛んでいった。

「通じるといいな」

「ですね。広場で暴れるのは、俺たちだけで十分だ」

見送る幸功に、すでにやる気満々な氷熊が笑ってみせる。

「うん！」

大きく頷いた幸功は、今一度仕込み刀を握る手に力を入れた。

シン・ランの救出には、功盛と古門、ホンが向かった。

メンバーを決めたのは功盛で、こちらには必要最低限の人数で腕、頭脳、案内を満たした形だ。また、功盛がホンを入れたのは、言うまでもなく現在黒狼族が中心となって城内を取り仕切っているからだ。

そうして三人は、町で早馬を手に入れ城へ向かった。王族だけが知る抜け道から城内へ、そして地下道を進んでいけたのは、幼い頃からユン・ランと遊んでいたホンならではの道案内だ。この道のことは、大神官たちも知らない。

逆を言えば、城と同じ敷地にある神殿にも作られているだろう抜け道を、ユン・ランたちが知らずにいるのと同じことだ。

ランタン一つを頼りに、石造りの地下道を進む。

そんな中で、ふとホンが呟く。

「俺は大神官の孫の一人だ。もしかしたら、裏切り者かもしれないのに、案内役として信用するのか？」

ホンは、誰に言われなくても、城へは自分が来る気だった。

しかし、いざ功盛から指名を受けると、複雑な気持ちになっていたのだ。

「お前は俺の犬だろう」

「――――え!?」

「まあ、それは冗談として。お前は信仰より剣を取ったから、ユン・ランの従者となったんだろう。それに、もしも俺たちを罠《わな》にはめるつもりで案内してるんなら、悪いことは言わねぇから、今すぐ俺たちを置いて逃げろ」

ホンの心情を察してか、功盛が冗談交じりに笑う。

「罠だとわかった瞬間、俺は問答無用で刀を鞘から抜く。そして真っ先にお前の首を飛ばすし、間髪入れずに大神官の首も飛ばす。あ、龍に変化し火を噴いて、国ごと焼き尽くしてやるのもいいな――。お前の親族も王族も、何の罪もない国民たちも一人残らず抹殺して焼け野原だ」

そして、つらつらと話す傍ら片肌を脱ぐと、昇り龍の入れ墨を見せつけた。

屋敷にいたときでも見たことがなかったそれに、ホンは両目を見開く。

「龍人なのか――っ⁉」

「まあ、信じるか信じないかは、お前次第だ。とっとと案内しろ」

「――っ‼」

ホンは絶句するしかなかった。

地肌に描かれた龍と目が合ったことで、余計に言葉が出てこなくなったのもある。

自然と足早になり、功盛から二歩、三歩と距離を取ってしまった。

「ずるい。私がこんな姿になっているのに、実は龍属性って、ずるすぎませんか」

だが、一人だけかっこつけている功盛に、古門はムッとした。

歩くとペタペタと音がするので、功盛の腕に半抱っこでしがみついて移動している自分と比べてしまったからだろう。

今なら、子狼になってしまったがために、ミルクにおむつに「高い高い」までされていたユン・ランたちの屈辱が、どれほどのものだったのかがわかる。

特に王弟ユン・ラン。高貴な立場と知らなかったとはいえ、幸功と一緒になって「ポチ」と連呼したのだ。会ったら両手をついて「申し訳なかった」と心から言いたい。

しかし、そのためにも今は絶対に失敗ができない作戦の遂行だ。

「はったりに決まってんだろう。けど、お前があっさり信じるなら、あいつは今頃、脳内でパニックを起こしているかもしれねぇけどな」

功盛はムキになっている古門相手にも、ククッと笑う。

「――え」

「だから言っただろう。俺は世界で一番狡猾な人間様だって」

どうやら、ここでは冗談にならないタイプの冗談だったらしい。

「なるほど。そうだった。こうなったら、死なば諸共だ。一生ついていくぜ」

「無事に戻れたらな」

入れ墨を使ったはったりとしては、これ以上のものはないだろう。

抱きついている功盛の腕越しにチラリと覗くと、ホンは耳や尻尾を垂らしてすっかり生気をなくしている。

「誰かいるぞ」

そうして地下道から地下牢へ続く扉まで来たときだ。

「それにしても、これから一生牢屋暮らしじゃ、いずれは乱心だよな」

「最愛の王弟殿下が処刑ってだけでも、そうなっておかしくないしな」

中から冗談でも聞きたくないような話し声がした。

しかし、今はそんなことより、シン・ランの居場所がわかったことのほうが重要だ。

功盛と古門が頷き合い、ホンが垂らしていた耳をピンと立てる。

「ここで待っていてください。俺が行って鍵を奪います」

「おう。頼む」

ホンは地下道から地下牢へ入っていくと、まずはこの場に看守が何人いるかの確認をした。

ここは特に警戒をしていないのか、いるのは二人だけだ。

それも普段は、神殿警備を担当している黒狼たち。飛行兵団のほうが腕が立つだろうに

――と思いながら、ホンは何食わぬ顔で声をかけにいった。

「交代の時間だぞ」

同じ黒毛だったことから油断したのか、疑われずに近くまで寄れる。

「ああ。もう、そんなに時間――うっ‼」

「なっ――うっ‼」

その場にいた二人を瞬時に当て身で倒して、腰につけていた鍵を奪い取る。

呆気《あっけ》なさすぎて、かえってどこかに罠でもあるのではないかと勘ぐりそうなくらいだ。

しかし、その反面。この程度の警戒で足りるほど、狼国は長らく平和だったということだ。

これこそが王家と神官家の二本柱が、正しく機能していた証だろう。

ホンは改めてこのことを実感した。そして切なくなった。

「さすが。やるじゃないか」

「ありがとうございます」

そうしてホンたちは、シン・ランが投獄されている牢を探して、見つけ出した。

その間古門は、倒れた兵たちの尻尾と足を紐で結んでいる。ホンたちより、よほど警戒心が強い。

「狼王様、ご無事ですか？　助けに参りました。さ、こちらへ」

「ホン！」

牢に閉じ込められて憔悴《しょうすい》しきった、狼人姿のシン・ランが功盛たちの前に現れる。

声は嗄れて、それがいっそうシン・ランを儚く見せている。

ただ、幸功から「ガチムチの金狼じゃないかな」と聞いていた功盛は、まるで女神かと思うような華奢で麗しい黄金の狼王陛下が現れたことに、若干慌てた。

(――!?)

ユン・ランの姿さえ見ていない功盛からしたら、あやかしにでも出くわしたような気持ちになる。

この世界に来てからホンたちどころか、パンダやペンギンを筆頭におかしな姿の者を何匹と見てきたはずなのに、功盛にはシン・ランがラスボスクラスのあやかしに見えたのだ。

それほど場違いに彼は美しく、妖艶でもあった。

しかし今は、一刻を争うときだ。そんなことに気を取られている場合ではない。

「私のことはかまわない。ユン・ランは？　先ほど、見張りの者たちが、じきに処刑の時刻だと言っていた」

「ご安心ください。処刑場には、すでに我々の同士が運命のお子たちと共に、救出に向かっております」

「運命のお子が自ら？　もしかして、この方は――？」

ハッとしたシン・ランが功盛に目を向ける。

瞬間、金の長髪が、毛先までふわりと揺れる。

琥珀色の瞳が、ランタンの光を受けて、いっそうキラリと光る。

「はい。この方たちは、異世界からいらした方です。我々も大変お世話になった、運命のお子――幸功様のご家族様です」

ここでようやく、ホンがシン・ランに功盛と古門を紹介した。

とはいえ、片方はペンギンだ。シン・ランもこれには目を丸くする。

「異世界の？」

「はい。人間界です。向こうの世界にもこの方のように、獣人の血を引く方がいるようです。こちらの世界へ来るとそれが覚醒するようで。しかも、こちらの方は火龍族の……」

すぐに納得をしてもらうのは難しそうだ。さらにややこしい余計なことまで言い出したホンを功盛が睨んだ。

すると、すぐに意図を察したのか、ホンが話を切り替える。

「とにかく今は、ここから脱出を。ユン・ラン様を救出に向かっている者たちと早く合流しなければなりません」

「――わかった」

そうして功盛たちは、無事にシン・ランを救出すると、再び地下道を走った。

そして、ひとまず敷地内へ出ると、神官や衛兵たちの目をかいくぐり、馬車と馬一頭を拝借。乗ってきた馬と合わせて、二頭立てで脱出した。

刻々と処刑時間が迫る中、一路、城下町の広場へ向かう。

二頭立ての馬車の手綱は、ホンが握った。

向かい合う四人乗りの馬車の中には、功盛と古門が並び、対面にシン・ランが座る。

「ところで狼王様。あなたは、どうしてこのような事態になっているのか、幸功のこと以外でも何かご存じでしょうか？」

移動中、功盛は少しでも情報がほしくて、シン・ランに問いかけた。

古門もじっと耳を傾ける。

すると、シン・ランはこれまでに見聞きしてきたことを、ありのまま話してきた。

「縄張りに対する執着、凶暴性といった本能ですか」

「はい。そもそも我々狼王の家系、この金銀の毛色やアルファ型の血統というのは突然変異であり、最初は、周囲の偏見や迫害から身を守るために己を鍛え、強くなったに過ぎません。ただ、それがいつしかリーダーになり群れを作り、混合毛の群れの長となりました。自身の毛色が少数派だったので、どんな毛色の者でも受け入れたことが、結果として群れを大きくしていったのです」

それこそ、つい先ほど大神官が自ら明かした、クーデターの発端と思われることや。その上で、今自分が思っている考え、稀《まれ》な毛色である金銀のルーツまで合わせて説明をしてきた。

大神官は「神に愛された毛色、血統」だと言ったが、シン・ランはそれは違うと言いたかった。少なくとも先祖は迫害の中から、這い上がったのだ。

むしろ、神からの試練だったと言われるほうが、まだ先祖は報われる。

自身の力で試練を乗り越え、打ち勝ったのだから。

「少数派を受け入れる土壌が狼王の家系にはあります。この世界で一番迫害を受ける、耳も尻尾もない人形《ひとがた》の子を伴侶に迎えたのも、そうしたことが関係あったのかもしれません。のちに運命の子と呼ばれるようになった人形の子――オメガの血の入った伴侶の血統が、偶然にも、アルファの血統には相性がよかったのでしょう。金銀の毛色、アルファ血統を継ぐ、とても丈夫な男子が誕生するようになったのです。そしてその子は本能より理性を強く働かせることができた」

そうしてシン・ランは、運命の子の伝承にも、始まりがあることを教えてくれた。

「そのため先祖は、特に世継ぎを求められる王子は、オメガの血を持つ者を心待ちにし、伴侶としてきました。また、王子が生まれると、それに前後して運命のお子も誕生していたので、まさか生まれてこないことがあるなどとは。ましてや、大神官がオメガらしい子を見つけては、異世界へ送ってしまうなど、考えたこともなく――」

聞けば「なるほど」と納得できる背景もあった。

ここが異世界で、神様ありきの世界なので、こうした話の流れになるのだろう。

ヒートだ発情だというのも、人間で言うところのよりよい遺伝子の組み合わせ相手を選ぶために、好みかそうでないかという匂い——フェロモンを発するらしいので、それが嗅覚のよい狼族にとっては、いっそう強く嗅ぎ分けられるということなのだろう——と。

ただし、自分の世界の知識で解釈してみても、彼らがどうして変身するのか、古門がなぜペンギンなのか、どうして井戸に落ちたら異世界なのかなど、科学的に立証できそうにないことのほうがてんこ盛りだ。だいたい、幸功がオメガだとすれば、子供を産むらしいが可能なのか。

そうなると、自分たちの常識や知識に当てはめようとするのは、ただの傲りだ。

そこまで考えつくと、功盛と古門は顔を見合わせて、頷き合った。

ここでは見たまま、聞いたままを受け入れたほうが、いいのだろうと。

「ただ、先祖代々、人間に近いオメガの血を入れ続けることで、我々の一族が理性を失うことなくこられたのだとしたら、確かに運命だなと思います。本当なら、大神官の家系以上に激しくても不思議のない攻撃性と申しますか……。そうした本能を和らげ、封じ込めることに成功してきたのはそのおかげかもしれないので」

「そうか。耳の痛い話だな。要は、この世界では理性の強い人間の血が、争いのストッパーになってきたってことだ。それに引き換え、俺たちの世界は——」

功盛がフッと自嘲気味に笑う。

わずかだが会話に間ができる。

するとここで初めて古門が口を開いた。

「しかし、狼王様。でしたら、どうして民たちは本能に理性を凌駕《りょうが》されることがないのですか？　それとも争いの種になりそうな者たちを潰していくことで、平和を保っているのですか？　私が見てきた狩猟小屋の番人の家では、明らかにふた群れの毛色、血統が混じっていると思われる者たちが、家族として暮らしておりましたが」

ハンの父親は赤茶が強く、ハンは茶色で、息子は柴犬でいうところの黒胡麻《くろごま》だった。

四天狼を見ている上に、柴犬を想像したときに、こうした毛色違いの家族がいても、不思議には感じない。だが、二つの群れの対立があるならばどうして血が混じっているのだろうか？　と思ったからだ。

「建国後の民たちは、毛色に関係なく婚姻を進めてきました。次第に、守るべきテリトリーが己の家庭という認識になったのだと思います。住居や食に困らない限り、他の家族が敵という認識にならない。ただ、それに比べて貴族、神官などの職に就く者は、未だ同毛色の純血種を守る婚姻が続いております。それもあり、本能が呼び起こされやすいのかもしれません」

すると、古門の問いには、意外なほどあっさりした答えが返ってきた。

これはわかりやすい。人間界においても由緒ある家柄は、婚姻相手の血筋や家柄にこだわるからだ。

ただし、古門からすれば、これをさらりと言ってのけたシン・ランの理解が広く深いのだと思う。血統を守ろうとする家系の者たちの中には、これらのことを受け入れない層がいるだろう。

「なるほど――。それぞれ自分のアイデンティティーや生きやすさを選んできた結果だというのに、気がつけば進化の仕方が微妙に違ったのでしょうね。同じ国でも置かれた環境が違えば、別の進化を遂げるということで」

古門は、初対面の自分に対して、なんら抵抗も見せずに話をしてくれたシン・ランに深々と頭を下げた。

それを見た功盛も、一緒になって改めて頭を下げる。

「はい。こんなことになるまで、そのことに気づけなかった自分が口惜しいです」

「――これからでも、できることはありますよ。まずは、あの騒ぎを止めることでしょうが」

話をしている間に、馬車は城下町の中心にある広場へ到着した。

だが、

「え⁉」

思わずシン・ランが驚きの言葉を漏らしてしまうほど、すでに激しい争いが起こっていた。

時刻は正午直前——広場ではユン・ラン奪還の争いが始まっていた。

処刑場として使われる野外舞台には、十字架に縛りつけられたまま運ばれてきたユン・ランが、見せしめのようにさらされている。

まだ麻酔が切れていないのか、ユン・ランは全身をだらりとさせて目を閉じたままだ。

しかし、幸功やスウたちを激怒させるには、この姿だけで十分だろう。

すでに野外舞台下では、矢吹や若い衆たちが中心となって、一個中隊——百名ほどの兵隊たちと乱闘中だ。

「逮捕だ！　逮捕しろ‼　全員反逆罪だ！」

そして、舞台上では幸功が、仕込み刀を手に大立ち回りをしている。

「ふざけるな！　何が反逆だ！　事情も把握してないくせに、自分たちの王子を、大将をこんな目に遭わせやがって！　恥を知れ！」

まだ抜刀はしていないが、顔に似合わぬ腕っ節を熟知している氷熊たちからすれば、今のうちに決着をつけたいところだ。

やはり溺愛して育ててきた幸功の手を血に染めたくはない。

氷熊は幸功が兵を払う間に、力業でユン・ランを拘束から解こうとしている。

だが、なかなか解けないことが面倒くさくなったのだろう。十字架を固定していた台から引っこ抜き、磔になったユン・ランごと担いで逃げるという荒業に出た。

「ユン・ラン様！」

これには兵隊たちだけでなく、馬車から降りて駆けつけたホンも悲鳴を上げる。

「「――っ‼」」

功盛でさえ絶句したのだから、氷熊パンダを初めて見るシン・ランからすれば、もはや驚愕以外の何ものでもない。

しかし、氷熊が味方だというのは、古門ペンギンを見てもわかるからか、シン・ランは両手に拳を作ると「よし！」と声を漏らした。

そのときフォンが舞台へ上がった。

乱闘騒ぎに混乱する何千人という民衆に対して、拡声器を手に「聞いてくれ！」と叫んだのだ。

「確かに狼王陛下のお相手を探しに行き、出会った運命のお子・幸功様を略奪する形になってしまった王弟殿下に罪がないとは言えない。罪な男だ！　そもそも格好よすぎる！けど、出会いの順で結婚相手が変わってしまうなんてことは、誰にだって起こりうることでしょう！　いくら王族が特別な存在であっても、これを反逆だ、死罪だとされたら、おちおち恋もできないじゃないですか！」

広場には城下町だけでなく、その周辺からも布令を聞きつけた者たちが集まっていた。中には隣国から早馬を走らせてきた他種族王家の使いの者たちもいる。

そのためか、ケモ耳もパンダも、すっかりこの場に馴染んで見える。

「しかも、幸功様は我らが王子ユン・ラン様と恋に落ち、異世界より我が国へ来られた。どれほど勇気のいったことか、みんなも想像してほしい！　狼王陛下と国の安泰のために異世界まで行かれたユン・ラン様。ユン・ラン様を慕って狼国へ来てくださった幸功様。お二人に恋をするなと誰が言えますか？　ユン・ラン様が死罪って、あり得ないと思いませんか！」

ここでフォンの演説を盛り上げようと、ハン一家が「そうだそうだ」と声を上げる。

それに勇気づけられたのか、あちらこちらから賛同の声も上がった。

「ましてや大神官様は、ユン・ラン様だけでなく幸功様にまで逮捕命令を出したんですよ！　その結果、幸功様とそのお身内をこうして激怒させた！　これって、大神官様が他世界の道理や禁忌を無視したがために、他世界との戦争の撃鉄を起こしたってことです！　今ここで我々が立ち上がり、ユン・ラン様を助けると共に、幸功様とそのお身内に許しを請わなければ、建国以来の大戦争への引き金が引かれかねないんです！　異世界から何百、何千という極道兵を援軍として呼ばれてからでは遅いんです！」

民衆が十分盛り上がったところで、フォンは氷熊を指さし、これに氷熊も応えるようにして十字架ごとユン・ランを頭上に掲げて雄叫びを上げる。

これまで霧龍組の第一線で先陣を切ってきた若頭のそれは、宣戦布告にも等しい。

ましてやその姿は、狼国民が見たことがない巨大なパンダだ。

そこへ矢吹たちケモ耳衆やら若い衆もその雄叫びに加わった日には、大戦争突入への危機感が煽られ、同時に、この事態を招いた大神官への怒号と批判が飛び始める。

さすがにこれは、想像もしていなかった形勢逆転劇だろう。

民衆の一部が大神官とその一族のもとへ向かった。

「古門。あのちびっこいのの脅し方――。お前の差し金か？」

功盛が思わず「仕込みやがったな」と古門に問う。

だが、普段ならにやりと笑う古門だが、ここでは珍しく全力で否定した。

「私ではありません。おそらくはフォン自身が名誉挽回《ばんかい》のために張りきったのかと。向こうで滅茶苦茶なカチコミを見てますし、かといって氷熊さんや矢吹たちが、この異世界ファンタジーに道理や禁忌を持ち込むのは考えづらいですから」

「――ああ。なるほどな。あのちびっこいの――意外とやるな」

見れば、演説を終えたフォンは、ここぞとばかりに、民衆を煽っていた。

また、舞台脇では死刑執行のため同行してきた大神官が、民衆に囲まれて声を荒らげている。

「何をしているんだ、援軍を呼べ！　飛行兵団と、ドラゴンを！」

「使い鳥より知らせです！　団長を除く飛行兵団全員、ユン・ラン様の釈放を求めてドラゴンと共にストライキへ突入！」

「なんだと！」

「しかし、団長だけはこちらに向かっております！　来ました‼」

すると、ここへ飛行兵団長を乗せた一体のドラゴンが城から飛んできた。

これに勝機を見いだしてか、大神官が「よし！　この者たちを蹴散らしてしまえ！」と叫ぶが、頭上でドラゴンが空中旋回！

「うわわわわっ！」

団長を大神官たちのもとへ振り落としにかかった。

「やめろ、ドラゴン！　命は奪うな‼」

しかも、ここで氷熊に拘束を解かれ、ようやく目を覚ましたユン・ランが立ち上がる。

頭上に手を翳《かざ》して、大声で命じた。

すると、その声が届いたのか、ドラゴンは大神官たちの側まで接近してから、団長を振り落とした。

「うわ――‼」

団長がドサッと落とされるが、下敷きになった大神官たち共々、軽傷で済みそうだ。

それを見届けたドラゴンが「やってやったぜ」とばかりに声を上げると、そのままユン・ランの頭上へ舞い上がった。

ドラゴンたちにとって、真の主が誰なのかを知らしめるには十分なパフォーマンスだ。

しかし、ここまで民衆たちが興奮すると、今度は「大神官を十字架へ」「真の反逆者は大神官と黒狼兵たちだ」という声が上がり始める。

だが、一番危険なのは、こうした勢いに呑まれ、事態がエスカレートしていくことだ。

ユン・ランはすぐに興奮した民衆たちの中に飛び込み、それを幸功や氷熊が追いかけていく。

「――なんにしたって、一度この騒ぎを落ち着かせねぇと」

その姿を見た功盛が日本刀を握る手に力を入れた。

だが、その手をシン・ランがそっと握った。

「お待ちください、功盛様。私に考えがございます。どうか一緒に、私の番、運命のお子として、国民の前に出てはいただけないでしょうか?」

「俺が?」

唐突すぎる申し出に功盛が戸惑う。

「はい。そもそもユン・ランが罪に問われたのは、私と結ばれるべき運命のお子、幸功様を略奪したとされたことにあります。ですが、私には別の相手がいて、幸功様は王弟の運命のお子だったとなれば、ユン・ランに罪はありません。先ほど演説でユン・ランを庇《かば》ってくれたフォンには悪いですが、フォンや大神官の大いなる早とちりと言いきってしまうしかありません」

これを聞いた古門が両のフリッターをポンと合わせる。

その手があったか——と、今更気づいたようだ。

「はやとちりなどと言ってしまって、ユン・ランを処刑しようとした大神官たちをどうする気だ？　真に反逆罪に問うべきはあいつらだろう」

「あとで考えます。まずは騒ぎを止めることが最優先ですので」

「だとして、俺でいいのか？」

「今、この騒ぎを、国を救えるのは、あなた様しかいらっしゃいませんから」

頭上に昇った太陽が、シン・ランの金髪を輝かせて、本人の笑顔をいっそう神々しいものにする。

その後功盛は、シン・ランに手を引かれてざわめき立つ民衆の前へと連れて行かれた。

そして、大神官たちをつるし上げていた民衆と、それを止めるユン・ランや幸功がいる野外舞台へ上げられると、狼国狼王・シン・ランの運命の子——番となる者として、大々的に紹介されることとなった。

11 坊っちゃんが異世界へ嫁に行く⁉〜婿殿は銀狼王子アルファ〜

この日狼国は、建国以来例を見ない空前の騒ぎとなったが、渦中に現れた狼王シン・ランと功盛により、広場は一瞬にして静寂を取り戻した。

「このたび、多大な行き違いや誤報が錯綜《さくそう》したことで、ユン・ランが罪に問われたが、それは大きな間違い。ユン・ランは、国政で身動きの取れない私に代わり、命がけで異世界まで向かい、私の運命のお子――いいえ、運命の方をこうして連れ帰ってくださった」

シン・ランが隣に功盛を置き、民衆に向けて宣言をする。

「え⁉　あのキラキラな狼王様がユン・ランの兄ちゃん？」

「功盛殿が――運命のお子⁉」

突然のことに驚いたのはユン・ランや幸功たちだけではなかったが、それでもホンと古門に耳打ちをされて、すぐにシン・ランの意図を察した。

そこからは彼らもシン・ランの一時しのぎに全力で話を合わせる。

「ただ、諸事情から、ユン・ランとその運命のお子が先に帰還したことで、反逆者の汚名を着せられることになってしまったが、見ての通りだ。一部では私の乱心を報じる者たちもいたようだが、すべての理由はこれにある。このような誤解が錯綜すれば、私とていっとき心を乱すことくらいはある。どうか理解してほしい」

これに大神官は、当然「そんな馬鹿な！」と口を開けた。

しかし、形勢が逆転した今、シン・ランの説明が騒ぎを止めるだけのものではなく、大神官たちを民衆の追及から逃すためのものであることは明白だ。一族の神官や団長たちから「ここは合わせましょう」と、今度は身内の手で拘束をされる。

そこへ、スウが民衆に交じるハンにシン・ランの意図を伝えたことで、ハンの第一声を皮切りに民衆の祝賀ムードが広がっていく。

何しろ待望の、狼王の運命の子が現れたのだから当然だ。

「シン・ラン陛下万歳！　ユン・ラン殿下万歳！　ご結婚、おめでとうございます！」

ハンが、フォンから借りた拡声器を手に声を上げると、民衆の拍手と、そして祝福の声を招いた。広場が祝福一色になり、このまま結婚式を挙げられそうな勢いだ。

そうなると、さすがに、霧龍組の者たちは困惑し始める。

「不穏な騒ぎは収まりましたが、これでいいんでしょうか？」

「結局、坊ちゃんは異世界へ嫁に行くってことですか？　しかも、婿殿が銀狼王子でアルファって、どんなラノベ⁉」

「そしたら坊ちゃんが実家に帰省するときは、井戸を通って行き来するってことになるんですかね？　というか、俺としては組長のほうが心配になってきたんですけど。まさか、このまま組長まであの狼王様と――、なんてことにはならないですよね？　矢吹さん」

「う〜ん。ここで坊ちゃんがどっちの狼の嫁だでもめるよりは、実は兄弟のどちらにも相手が見つかりました。これぞダブルハッピー、待望のウエディング、みんな祝って〜ってほうが大団円だからな。だが、だからといって、組長までもが国民たちから嫁入りを歓迎されているのが、俺にもわからない」

幸功はともかく、功盛が巻き込まれていることには、矢吹も眉間に皺を寄せた。

すると、ここへいささか頭を抱えた古門がやってきた。

「もしかして――。実は、そもそも狼王様って嫁属性だったんじゃないですかって、真顔で突っ込むよりは、この場は見て見ない振りが平和だからじゃないですかね？　もしくは、番には嫁や婿という概念がないのかもしれないですし」

「あ、そうか。俺たちのイメージだけで、嫁だの婿だの決めつけるのは横暴ですもんね。そもそもここって、人間界とは微妙にずれている異世界ですし」

「まあ、なんにしても。処刑が中止されて、全員そろって万歳三唱なら文句ねぇってことよ！　あとは、諸悪の根源をさばいちまえば、いいだけで！」

氷熊も民衆の勢いに圧倒されてはいるものの、これぱかりはシン・ランからの「あとでどうにかする」を信じるしかない。

そして、実際シン・ランは、この場を収めると、

「ああ。私の結婚に関しては、後日どうとでも理由をつけて、破談になったと報告できますから。そしてそのときこそ、大きな顔をして〝ユン・ランに相手が見つかっていてよかった〟と安堵してみせればいいだけですから」

一点の曇りもない微笑みを浮かべて、今後は破談を利用し、むしろユン・ランと幸功の結びつきに王家としても、国としても、幸運だったと印象づけるつもりであることを豪語した。

巻き込まれた功盛は苦笑を強いられるばかりだったが、それでもこの場はシン・ランの機転で、すべてがいいように収まった。

「それにしても、このたびは本当にご迷惑をおかけしました。皆様、どうか城へ。今後のお話もあるでしょうが、まずは疲れを癒やしてください」

ひとまず城へ移動することで、一息つくことができた。

——城——

思えばユン・ランたちが組屋敷へやってきてからというもの、幸功たちにとっては「目まぐるしい」としか言いようのない日々だった。

しかも、これが十日もあるかないかのうちの話となると、感慨深いものがある。

功盛たちは、勧められるまま湯浴みを済ませると、食事をしながらシン・ランやホンたちと過ごした。

ただ、幸功とユン・ランの二人は、改めて再会を噛みしめ、また今後について話し合う必要があったので、いったん彼の部屋へ向かった。

そうして二人を見送ると、シン・ランが功盛たちに一つの報告をする。

「黒狼族とは、遠い昔に本能を抑えて一つの国を一緒に作り、ここまで共に歩んで参りました。本能に目覚めたことが罪かと言えば、私にはそうとは思えないのです。だからといって、このたびのことが許されるものではありません。罪の償いはしてもらいますが、命まで奪うことは考えておりません。功盛様たちにとっては、納得のゆかぬ判断になるやもしれませんが、どうかお許しください」

城下町の広場からいったん城へ連行された大神官の一族たち、また大神官の命令に従った兵隊や神官などは、拘束を受けていたユン・ラン派の者たちと入れ違うようにして、一時的に広間に拘留されることになった。

大神官は地下牢へ幽閉されることはなく。シン・ランは見張りをつけた上、大神官の自室へ軟禁とした。

これは彼が高齢であり、また、国民の半分を占める黒狼たちのリーダーであることを考慮した結果だった。罪もない同毛色の者たちが不安に思うことがないように、これが最善の策だった。個人的な怒りより、一国の王としての判断を優先したのだ。

これに功盛たちが意義を唱える謂《いわ》れはない。

強いて言うならば、弟を殺されかけた兄としての恨みつらみを一切見せずに、王としての判断を下すのは、どのような気持ちなのだろう？　とは、考えた。

特に功盛にとっては、ユン・ランのおかげで幸功は逮捕されることはなかった。

しかし、もしそうでなく、あの場でユン・ラン共々幸功まで逮捕され、十字架にくくられた姿を見せられていたら、間違いなく大神官はおろか、目の前のシン・ランにさえ斬りかかっていたことは、容易に想像ができる。

しかも、功盛がそうしたからといって、止める者など霧龍組にはいない。

また、幸功を盾にとって、自分の首を取ろうなどという馬鹿な組員がいないことに、今は改めて感謝を覚えるばかりだったが——。

一方、湯浴みで疲れを落とした幸功は、家着用の着物を借りたあとに、ユン・ランと共に彼の部屋へ移動した。

「よかった。生きててよかった。十字架に磔になって運ばれてきたユン・ランを見たときは、もう殺されているのかと思った」

自分では意識していなかったが、そうとう気が張っていたのだろう。

改めて二人きりになると、幸功はユン・ランに抱きついた。

感情のままに声を上げ、溢れ出す涙さえ拭えない。

「公開処刑が死体公開に変更されたのかと思った。スウたちが〝きっと麻酔を打たれたんだ〟って言ってくれなかったら、本当に――」

しがみつく幸功を、ユン・ランは今こそ心置きなく抱きしめてくれた。

ユン・ラン自身が安堵し、心からの笑みを浮かべてくれることが、幸功にとっても安心だと知っているからだろう。

「すまない。何から何まで――、私のせいで」

「それは言いっこなしだよ。確かに、好きになっただけで逮捕だ、処刑だって言われたことには驚いた。それに、腹が立つなんて言葉では言い表せない怒りで、頭が飛ぶかと思った。けど、ユン・ランは最後まで俺を守ろうとしてくれたし、それはホンやスウ、フォンも同じだ。ハンさんの一家もよくしてくれたし、ハヤブサたちも懐いてくれたから」

幸功は火照り始めた頬をごまかすように、ユン・ランの胸に顔を埋めた。

ただ、こうした火照りもヒートに繋がり、ユン・ランを誘う甘い香りとなるのというのは、未だに自分ではわかっていない。

ましてや、こんなときだけに、ユン・ランを困らせているなどとは思いもしないだろう。

「だから、これは兄ちゃんたちにも相談しないといけないと思うけど。俺としては、このままユン・ランの側にいられたらなって。それがどういうことなのか、これから一つ一つ知っていくというか、学んでいくことになるのかもしれない。でもユン・ランがそれを望むなら。そしてユン・ランを大事に思う人たちが、それを許してくれるなら——って」

しかも幸功は、無自覚なままユン・ランを誘うだけに飽き足らず、自分のほうからプロポーズまがいなことまで口にした。

騒動のあとずっと、あまりに周りから運命やら番やらと言われた挙げ句に、「ご結婚おめでとうございます」と盛り上げられてしまったことで、すでにユン・ランとは結婚する気になっていたのだろう。

ユン・ラン本人は、まだ口にしていないのに。

「いいのか？　こちらの世界で暮らすことになるかもしれないのに」

「うん！」

「ありがとう、幸功。私は幸せだ」

これにはユン・ランも喜びが隠せない。

改めて幸功を抱きしめると、そっと額にもキスをし、唇にも触れてくれる。

「幸功。私の伴侶になってくれ。番となって、永遠に私の側にいてくれ」

「——はい」

プロポーズと共に、覚えのあるぬくもりを今一度感じることができて、幸功はいっそう安堵した。

このままでいられるなら、ずっとこうして唇を合わせていたいくらいだと思う。

しかし、食堂でシン・ランや功盛たちが待っている。

それはユン・ランもわかっているのだろう。どこか名残惜しげに唇を離す。

ただ、幸功はこれを拒んだ。

(いやだ。離れたくない！)

それどころか、身体の奥底から欲情を感じて、今度は自分から唇を寄せた。

こみ上げる衝動のまま、甘噛みするように、ユン・ランに抱きついてキスをする。同時に火照り始めた身体を、そして膨らみ始めた下肢を彼のそれに擦りつける。

「――っ、幸功?」

「どうしよう……。なんだか、変だ。すごく――ユン・ランと結ばれたい」

恥ずかしいと思うより先に、誘うように腰が揺れる。着物越しに膨らむ幸功の欲望が、ユン・ランのそれにぶつかり、激しく彼自身を煽り立てる。

(これって、――を起こしてるってこと?　もう、欲情してる?)

そう頭によぎったときには、すでに肉体の奥からユン・ランをほしがる自分がいる。

ようやく得られた安堵もさることながら、湯上がりの彼の香りが新鮮で。使用した石けんやシャンプーの香りが、ユン・ランの放つ香りと相まって、それに余計に誘われたのかもしれない。

ユン・ランは幸功が放つ香りに敏感だが、実は幸功を前にすると普段は放つことのない香りを自身からも漂わせている。幸功はそれが誘いに対する同意の返事だとは思っていないが、肉体では、本能では、そう理解しているようだ。

「ユン・ランっ」

一度自分から唇を合わせにいくと、二度、三度と、夢中でユン・ランの形のいい唇を吸ってしまう。するとユン・ランのほうからも、同じように唇を貪ってきた。

「それは、私もだ。ようやく安堵したばかりなのに……、幸功がほしくてたまらない」

（ユン・ラン！）

言葉のまま幸功を横抱きにすると、迷うことなく薄絹で覆われた四柱の寝所へ運ぶ。

「我慢ができない。幸功が……ほしい」

背が床へついた瞬間、ユン・ランは幸功の着物ごと両脚を開いて、覆い被さった。

そして、すでに膨らむ欲望で臀部を探ると、潤い始めた幸功の密部を亀頭がかすめる。

「我慢しないで……。俺もだから。俺も、ユン・ランのことが……あんっ」

幸功は自分からも抱きしめ、また開かれた両脚をユン・ランの腰へ回すと、逞《たくま》しくも心地よい彼の尻尾に触れながら、熱くなった欲望を受け入れた。

「幸功」

（ユン・ラン――。ユン・ランっ‼）

そこから二人は、何もかもを忘れて、愛し合った。

それこそ本能の赴くままに、目の前の者だけを求め続けた。

＊＊＊

翌朝。中華ドラマの撮影現場かと思うような煌《きら》びやかな客間で、心身から疲れを癒やした氷熊や古門、矢吹たちは、「きっと今日屋敷へ戻れるだろう」という安心感からか、だいぶ気持ちに余裕が出てきていた。

「そういや、あのカチコミのわんこたち。こっちの世界へ連れてこられねぇかな？　人質として屋敷に残してきた白に、こいつらを里子に出せるように躾けておけよって命じてきたんだが。環境に馴染めるんなら、ここのほうがのびのびと暮らしていけそうだよな？」

食堂へ向かう途中、氷熊は屋敷に置いてきたパイと、ブリーダー崩壊により保護犬となってしまった播磨組の犬たちのことを思い出していた。

パンダ姿にも違和感を覚えなくなっている。

「うわっ！　パイ少佐。それって、向こうで犬の群れのボスになっているってことですか？　あの凶悪そうな土佐犬とかって奴らや、真っ白いもふもふや、とにかく何種類もいた、多国籍軍の、それも成犬から幼犬までの！」

「まあ、カチコミのとき、すでに率いて戦ってたしな」

先にこちらへ戻ったフォンは、初めて聞くパイの話に驚く。

ホンは、土佐犬たちを率いていたパイに見送られて、こちらへ戻ったため、これに関しては特に心配はしていなかった。

だが、人間界の様子がわからないスウだけは、（パイ少佐が多国籍軍犬の躾？）と首を傾げている。

「おはよう！」

すると、ここでユン・ランの部屋から出てきた幸功が声をかけてきた。

氷熊たちの前に現れたユン・ランは、王弟らしい中華着物姿で威厳たっぷりだ。

幸功に用意されていた着物は、形こそ男性もののようだが、淡い紅色をしており二人が並ぶともはや夫婦だ。なるほど、これがこの国で言うところの番なるカップルか――と感心するが、古門だけは子狼のミルクやおむつ姿を思い起こしているのか、氷熊の陰に隠れてユン・ランに両フリッターを合わせている。

屈辱の原因となった買い物をしてきた矢吹は、もうすっかり忘れているというのに。

「おはようございます。坊ちゃん。ユン・ラン殿下」

「ポチでもかまわないが。氷熊殿」

「とんでもねぇ！　それにしたって、狼姿もイケメンでしたが、本来の姿は俺でも見惚れちまいますよ。いや～っ。坊ちゃんのお目が高いこと！　はっはっはっ」

などと気さくに話しながら、そのまま合流して食堂へ入る。

螺鈿《らでん》細工に似た飾りが施された黒塗りのダイニングテーブルには、朝食となるご馳走が並べられている。やはり狼国は、なんとなく中国の秦王朝時代の様子と似ており、食事も幸功たちに馴染みのある中華料理のような品が多い。

「ところで、兄ちゃんたちはまだ起きてないのかな？　確か昨夜は、周りへ既成事実を示すためだっけ？　同じ部屋で過ごすって言ってたよね？」

「はい。なので、きっと溺愛する弟たちの今後を見据えて、ブラコン兄対談に花を咲かせすぎたんでしょう。それで、寝坊をしてるんじゃないですか？」

「なるほどね」

すると、そこへシン・ランと功盛が食堂に入ってきた。

「あ！　兄ちゃんとシン・ラン様だ。おはよう！」

「ん。おはよう」

「おはようございます」

おそらく狼王様に番ができたと喜んだ側近たちが用意をしたのだろう。二人は揃いのパールホワイトの着物に、白金の刺繍《ししゅう》が施された豪華な上掛けを羽織っている。

「――ん？　なんか、様子がおかしくないですか？　昨日見たときよりも、狼王様がいっそう神々しく艶々に、嫁っぽくなっているような気が……」

ふと、矢吹が隣に座っていた氷熊に、小声で話しかけた。

「まさか組長、食っちまったのか？」

「氷熊の兄貴！　迂闊《うかつ》なことを言わないでください。また処刑だのなんだのって、因縁をつけられますよ」

古門と同じことを思ったのか、氷熊も眉間に皺を寄せている。

しかし、これを聞いていた矢吹が「しっ！」と人差し指を口元に当ててみせる。

だが、迂闊も何もこのあとすぐに、シン・ランから衝撃の真相が語られた。

「――え⁉　シン・ランが功盛殿にヒートした？　それは、功盛殿がシン・ランと出会ってオメガに目覚めたのではなく、シン・ランのほうがオメガとして覚醒してしまったってことか？」

すると、驚きと困惑からユン・ランが再確認をした。

「私もこうしたことは初めてなので、よくわからないのだが――。ただ、彼を一目見たときから、じわじわと体温が上がってはいたんだ。戦闘でみんなが興奮していた状況だっただけに、きっと気が高ぶっているんだろうと思っていたんだが。公に彼を番だと紹介したあたりから、肉体だけでなく、気持ちまで盛り上がって抑えられなくなってきて。昨夜、改めて二人きりになったら、誘ってしまったようで。でも、よく覚えていなくて」

この場の誰もが混乱する事態になっているが、これに関しては当の本人たちが一番だ。

シン・ランは、もともとユン・ランに比べて華奢な身体を残念に思っていたが、だからといってまさか自分がオメガ⁉　だ。

功盛に至っては、実際の話、幸功とも血が繋がっていないのだから、こんな運命のなんちゃらに巻き込まれるなど想定外だ。完全に意気消沈し、顔色が悪くなっている。

「ど、どういうこと？　兄ちゃん」

「泥酔した翌日と同じだ。記憶がない。ただ、ありったけの種を搾り取られた気がする」

よほど気が回らないのか、幸功相手に下ネタ全開だ。

「――っ！　そ、それでそんなにふらふらしてるの？」

「いや、これは違う。これは、目覚めに〝お疲れ様でした〟と出されたお茶が、どうしてかうちにある正体不明の健康茶と見た目も味もそっくりで――」

だが、ここまで功盛から気力を奪っていたのは、どうやらここでは重宝されているらしい薬草茶だ。きっとシン・ランが、抜け殻状態になっていた功盛に気を遣ったのだろうが、結果としては追い打ちをかけたのだ。

「え？　それなのに、ふらふらなの？　あれって、元気が出るお茶なのに？」

「——‼　あ、だったな。そうしたらやっぱりこれは、抜かれすぎたんだな。ははは」

ここへきてうっかりしたことを口にしてしまった訂正のために、功盛は再び下ネタに走るしかなく、いっそう自らの首を絞めることになる。

「と、とりあえず。これはこれでダブルカップル成立ってことでいいんですかね？」

「待て。情報が多すぎてついていけねぇ」

しかも、普段ならすかさず助け船を出す古門や氷熊たちも、今はそろって混乱中だ。

「あ、それより兄ちゃん。実は、俺さ……うっ」

そこへ突然幸功が嘔吐《えず》きそうになり、両手で口を押さえて席を立った。

「どうした、幸功」

「坊ちゃん？」

「うう……っ？　ごめんっ！　なんか、急に——、気持ち悪くっ。ううっ」

心配するユン・ランと矢吹の声かけを振り切るようにして、食堂から飛び出していく。

「幸功！」

驚いたユン・ランもあとを追うが、この様子にハッとすると、シン・ランが突然パンと手を叩いた。

「もしかして、おめでたでしょうか。幸功様がユン・ランのお子を懐妊したのでは⁉」

「「「——え⁉　ええええっ！」」」

誰からともなく上がった悲鳴が、食堂内でこだまする。

「待て！　本当に、情報が多すぎてついていけねぇっ！　早すぎねぇか⁉　ってか、そしたら、まさかさっきの組長のうえっぷも⁉」

「馬鹿野郎！　あれは茶のせいだと言っただろう！　どこの誰に発情しようが、されようが、俺はやる側で、やられる側じゃねぇ！」

話が交ざり、飛躍し、頭を抱える氷熊の胸ぐらを、あらぬ疑いをかけられた功盛が掴む。

「そ、そんな、功盛様。赤裸々な……っ」

これを聞いたシン・ランは、今一度頬を赤らめて黄金の尻尾をフリフリ、耳までヘコッと垂らしてしまう。

「これってまさかのベビーラッシュとかがあるのか？」

「待ってください！　そもそも誰が何を産むんだ？　まさかわんこみたいに、二ヶ月も経ったら、坊ちゃんが子狼をポロポロ産むってことなのか⁉」

こうなると若い衆たちも何が何やらだが、それでも気丈かつ前向きな者たちはいる。

「それって、今度こそ正しいミルクタイムができるってことか？　おむつも何も準備万端だし、当然、里帰り出産だよな？　ってことは、今度こそこの矢吹にも、お世話担当のお子が！　それも坊ちゃんのお子！」

ふと、思い出したように矢吹が両手に拳を作り、目を輝かせた。

「え！　そしたら僕も一緒に行きたいです！　ユン・ラン様と幸功様のお子の子守りがしたいです！」

これにフォンが挙手をし、なぜかつられたようにホンやスウも「自分も」「俺も」と手を挙げた。

これでは今日のうちに、屋敷へ帰るどころではなさそうだ。そもそも幸功に至っては、懐妊が事実なら、身重な状態で孔へ落ちていいのかという話にもなる。

こうなると、命がけで幸功を助けにきたはずの霧龍組の精鋭部隊、要は溺愛部隊が肝心な幸功を置いて帰るとも思えない。

では、この状況に誰が一番あおりを食らうかと言えば――。

〝隊長！　幼犬たちを昼寝させせました！〟

「ご苦労。お前も一緒に寝ておけ」

〝はっ！〟

〝隊長！　成犬部隊の邸内ランニングを終了いたしました。我ら土佐の四犬衆に次なるご命令を！〟

「一休みしておけ。適度な休息を入れつつ、万が一に備えるのも番犬の役目だ」

〝かしこまりました‼〟

やはり屋敷に残されたパイだろう。

律儀な性格が災いしてか、氷熊に言われたことを忠実に守り、ブリーダー崩壊により保護犬となってしまった犬たちを躾け、すでに配下としていた。

〝パイ様。娘たちが、今宵こそぜひお側に――と〟

「私は種族を超えて婚姻する気はない。よき伴侶を得るときまで、清らかでいるように」

〝そんな～っ〟

中には当然メス犬たちもいたが、ここでハーレムを作るつもりはないので、ひたすら涼しい顔で躱していた。

これはこれで幸功を前に辛抱我慢に徹していたユン・ランの心労を実感することになるが、今のパイにとって、何が一番の心労かと言えば、これだ。

「モテモテだな～パイ。というか、野犬と大差なかったこいつらを、きっちり躾けてくれてありがとうな。これならすぐにカフェに出して、里親探しもできるよ。あ、これは俺から。心ばかりのお礼の高級ドッグフードだ。たくさん食べろよ！」

「……かたじけない。獣医殿」

パイの前には、獣医監修のスペシャルドッグフードが置かれていた。

これならいっそ、人間食を出してくれればいいのに――と思うも、こんなところでもパイは律儀だった。がっくりと肩を落としながらも、もそもそ食べる。

(幸功さんの薬膳食が恋しい。それにしても私はいつになったら帰還できるのだろうか)

そして内心では「オオーン」と鳴いていたのだった。

あとがき

こんにちは、日向です。このたびは本書をお手にとっていただきまして、誠にありがとうございます。この度、初めてシャレード文庫さんにて書かせていただきました。私自身は、ここ何年も新設定でのＢＬを書いていなかったのもあり、話作りのところから、とても楽しく作業をさせていただきました。

とにかく、初めての異世界転移（転生は死んじゃうので、向いていないかなと思って）とオメガバースだ！　やった‼　と浮かれて、最初は兄嫁となる運命を持つ子に恋をしてしまい、ジレンマする攻めが書きたい！　ちょっとくらいシリアスでも、きっとシャレードさんなら大丈夫なはず！（ニヤリ）と思っていたのですが――。

いざ、プロットを作り始めたときに、どうしても書きたい部分が「攻めがジレンマから、あぐあぐと尻尾を噛むところ」と「カチコミ」と「飯マズは故郷の味だった！」という、シリアスのかけらもないもので。さらにはパンダやらペンギンの設定が乗っかったときには、確かに依頼内容である「日向さんらしく明るく楽しいお話」ではあると思うのですが――。どさくさに紛れてシリアスなテイストも！　と考えていた部分は、自ら崩壊させることになりました。

いや～、楽しかったんですよ。多分四〇〇ページ以上書いて消してを繰り返して、初稿提出までに三四〇ページにまで絞って。なおかつ改稿で濃縮させてこの分量に落ち着かせたのですが、それでも最初は二三〇ページでまとめようとか身の程知らずなことを考えていたので。結果、担当さんにはそうとうなお手間をとらせてしまって、本当にごめんなさい！　しかも、初めてご一緒させていただいた鈴倉温先生にも、大量のキャラを描いていただくことになってしまって……。それでも素敵に格好よく、可愛くお茶目に仕上げていただいて、本当に嬉しかったです。ありがとうございます！　とにかく自己満足ではありますが、全力で創って書き上げましたので、楽しんでいただけましたら幸いです。

それではまたどこかでお会いできることを祈りつつ――。

日向唯稀

本作品は書き下ろしです

日向唯稀先生、鈴倉温先生へのお便り、
本作品に関するご意見、ご感想などは
〒101-8405
東京都千代田区神田三崎町2-18-11
二見書房　シャレード文庫
「坊ちゃんが異世界へ嫁に行く!?～婿殿は銀狼王子アルファ～」係まで。

CHARADE BUNKO

坊《ぼっ》ちゃんが異世界《いせかい》へ嫁《よめ》に行《い》く!?～婿殿《むこどの》は銀狼王子《ぎんろうおうじ》アルファ～

2023年1月20日　初版発行

【著者】日向唯稀《ひゅうがゆき》

【発行所】株式会社二見書房
東京都千代田区神田三崎町2-18-11
電話　03(3515)2311[営業]
　　　03(3515)2314[編集]
振替　00170-4-2639
【印刷】株式会社 堀内印刷所
【製本】株式会社 村上製本所

ISBN978-4-576-22192-2

https://charade.futami.co.jp/

CHARADE BUNKO

今すぐ読みたいラブがある!

春田梨野の本

君の運命になれたなら
~初恋オメガバース~

お前が好きだから、運命にしたかった

イラスト＝榊 空也

高校の入学式で映月を初めて見た瞬間、朔のアルファとしての自尊心は打ち砕かれた。敵愾心を抱く朔に、映月はなぜかなついてくる。迎えた卒業式。急に様子がおかしくなった映月に襲われ、無理やり抱かれてしまう。朔はオメガに変転していたのだ。七年後、朔が勤める会社にやってきたのは、映月だった――。